Théa et les portes du soir

Laëtitia Creysson

Théa et les portes du soir

Roman

LE LYS BLEU
ÉDITIONS

ISBN : 978-2-85113-632-9

Parce que chaque endroit désaffecté a un toit avec vue sur les étoiles.

Est-ce que tu connais nos tristes pouvoirs
Et toutes ces fleurs qu'on trouve
Dans le noir dans le fond,
Est-ce que tu connais les portes du soir,
Qui font pleurer l'intérieur des filles ?

Les portes du soir, extrait de l'album Alice et June, Indochine

1
Les Portes du Soir

C'est Grand-mère qui m'a ouvert la porte des Fées. À travers les histoires qu'elle me racontait, elle a guidé mes pas vers un autre monde, plus magique. Où tout est possible. Et souvent, quand la réalité est trop dure à supporter, je m'engouffre par la porte, et sur des tapis de feuilles moelleuses, je m'abandonne, et laisse libre court à mon imagination. C'est le plus beau cadeau qu'elle m'ait offert : l'imaginaire. La faculté d'espérer, et en un clin d'œil disparaître, me trouver hors du temps.

Mon nom est Théa, et mon histoire est, comme ma Grand-mère, unique en son genre.

Malgré tout ce qu'elle m'a apporté, cela ne l'a pas empêché de basculer de l'autre côté pour de bon. La folie a pris possession de son être et l'a consumé. À la fin, elle ne percevait même plus son reflet dans le miroir, je crois qu'on appelle ça des hallucinations négatives. À sa mort, j'ai rouvert la porte des Fées, pour trouver l'apaisement. J'aime la solitude, mais la mort de ma Grand-mère me laissait comme démunie. J'ai suivi ses traces et agrandi le Royaume des Fées et des Contes. Je l'ai modelé à mon image, j'ai rajouté des arbres, des grottes et des étangs. Puis est arrivé ce moment où j'ai fermé la porte pour de bon, ne laissant qu'une trappe dans un coin de ma tête. L'Amour a pris le dessus sur le monde chimérique et m'a propulsé dans un autre univers à sa manière.

J'ai aimé tomber amoureuse. Être aimée, moi qui ne m'en juge pas digne. La vie avait pris une couleur différente, s'était multipliée en diverses possibilités. Seulement, au bout de quelque temps, le Prince s'est lassé. Je faisais souvent ce rêve, vous savez, celui d'errer sans fin dans une gare. Mais celle-ci n'était pas une gare ordinaire. En effet, on y trouvait des gradins en béton, et une grande roue au milieu. Dans mon rêve, mon Prince me tirait par le bras en me criant : « viens, faisons un tour de roue ! ». Mais j'étais pétrifiée par ma peur du vide, et puis honnêtement, tourner en rond comme ça bêtement n'était pas mon genre. Tout ce que je voulais, c'était arrêter de cheminer sur ce stupide quai et sauter dans un train. Seulement, il n'y en a jamais eu. Sauf le jour où il a disparu. Il a dû comprendre qui j'étais vraiment, voir le véritable moi, torturé à souhait sous mon sourire et sauté dans le premier wagon, me laissant sur le quai, à errer toujours, à errer éternellement.

C'était abrupt comme rupture. Moi qui commençais à envisager un avenir avec lui, à lui faire confiance. Je ne peux lui en vouloir d'avoir pris la fuite. Je ne peux que le remercier de m'avoir accordé de son temps et d'avoir essayé de m'aimer.

Il y eut d'autres rêves. Je longeais les murs d'une rue pavée. Je croisais des passants qui n'avaient pas de visage, se moquant éperdument de ma personne transie de froid, et de mes pieds nus. C'était une rue sans fin, silencieuse, et j'y voyais mon avenir, à l'image de mon rêve. Il arrivait parfois que mon Prince apparaisse, appuyé contre un porche. Je courrais de toutes mes forces pour le rattraper, mais ma main tendue ne frôlait que le vide, il s'était évaporé.

Le chagrin m'a submergé. Comme une vague de douleur.

Chaque gorgée d'eau salée plus amère que la précédente. Tout le monde le sait : après une rupture, les heures, les minutes et les secondes disparaissent. Le temps s'arrête, faisant fi de nos fissures. Nos pensées sont aussi noires qu'une nuit sans lune, une nuit où les aiguilles se sont arrêtées à trois heures du matin pour n'en plus jamais bouger. Un jour, je reverrai le soleil, et il réchauffera ma peau, je me le suis promis. Mais en attendant, j'ai perdu les couleurs et ne vis qu'en blanc. Trop lumineux, il blesse mes yeux, mais je ne suis pas prête à les ouvrir encore. J'ai regardé le soleil de trop près, et je m'y suis brûlée vive.

Alors un soir, pour échapper à cette douleur infernale, j'ai décidé de faire apparaître la trappe et de disparaître.

J'étais allongée dans mon lit aux barreaux de fer, les bras sous la tête, et après une légère hésitation, j'ai serré ma tunique blanche devenue rêche par d'innombrables lavages avec une forte odeur de javel contre moi, et j'ai posé mes pieds nus sur le carrelage. J'ai frissonné à cause du sol gelé, et en sautillant j'ai rejoint le coin de cette chambre immaculée et trop blanche, pour ouvrir la trappe et me laisser glisser.

Quand j'ai senti mes orteils frôler l'herbe si tendre et que l'odeur de la forêt a empli mes narines, j'ai su que j'y étais arrivé. Que j'avais atteint le Royaume des Fées, et qu'enfin je pouvais me sentir apaisée. J'étais revenue chez moi.

2
Rencontres au bord d'un étang

Il ne faisait ni trop chaud, ni trop froid. Un temps parfait, tempéré. J'avais atterri au milieu d'une clairière, entourée d'arbres. Après m'être levée et époussetée, je me suis enfoncée dans la forêt. J'ai aimé me sentir toute petite et à l'abri sous ses grands arbres touffus. Et puis ce silence lourd, pesant… Il m'empêchait de penser et faisait en sorte que je me concentre sur le bruit de ma respiration. Au bout d'une heure de marche, j'ai entendu les clapotis de l'eau et une voix. Quelqu'un chantait et se baignait. J'ai suivi le chant à la fois triste et merveilleux pour me retrouver sous un saule pleureur, dont les branches tombaient si bas qu'elles formaient comme un rideau et me bloquaient la vue de l'étrange voix. J'ai doucement écarté les branches, pour me retrouver face à un étang niché au milieu d'énormes rochers avec de la mousse moelleuse tout autour. Ce n'est pas naturel, me dis-je, c'est la magie qui a dû le façonner ainsi ! Et puis cette eau ! Bleue turquoise, pure… En le voyant du ciel, on aurait pu penser qu'un œil bleu vous observait de la forêt. Puis j'aperçus la jeune fille à qui devait appartenir la voix qui m'avait guidé jusqu'ici. Très blanche de peau, des cheveux longs blond pâle qui ruisselants autour d'elle, elle faisait la planche au beau milieu de l'étang. Je ne suis pas sûre qu'elle m'ait entendu approcher, ou alors elle s'en moquait. Elle continuait de chanter, les yeux clos, le visage offert au ciel.

Je m'approchai doucement, ne sachant que faire et comment l'aborder. Ne voulant pas lui faire peur, je toussotais. Tout en continuant de chanter, elle se tourna vers moi. Je restais stupéfaite devant ses yeux vert clair, presque en accord avec le turquoise de l'eau. Hypnotisée, je m'approchais de l'étang, mes deux pieds posés tous au bord de l'eau. Puis dans une éclaboussure, qui me fit sursauter, elle plongea tête la première et s'avança vers moi. Je me penchais légèrement en avant tandis qu'elle surgissait de l'eau.

— Bonjour, dis-je, je ne voulais pas vous déranger.

Les coudes posés sur le bord de l'étang, elle me fixait.

— C'est très joli ici, continuai-je. Vous vivez là ?

Aucune réponse. À mon tour, je m'accroupis pour toucher l'eau. À peine avais-je frôlé la surface qu'elle se jeta sur moi et me fit basculer dans l'étang. Surprise, j'avalais une grande gorgée d'eau et faillit m'étouffer en voulant la recracher. Ses yeux verts pétillaient de malice et elle riait aux éclats devant mon air décontenancé.

— Qu'est-ce que… balbutiais-je.

— LORELEI ! hurla une voix.

Je tournai la tête et vis une fée. Une vraie fée, avec des ailes vertes, des cheveux et des yeux couleur noisette, habillée d'une robe réalisée à partir de feuilles et de fleurs. Je remarquai aussi que sa chevelure était volumineuse à cause des branches, des fleurs et autres choses que l'on trouve sur le sol d'une forêt. Il était clair que ces cheveux-là n'avaient pas vu les dents d'un peigne depuis bien longtemps, ou alors leur propriétaire, lassée devant l'énormité de la tâche, avait baissé les bras. Très étrange, et encore plus étrange qu'une personne aussi menue puisse avoir une voix aussi amplifiée.

— Lorelei, reprit-elle plus doucement, que fais-tu ? Crois-tu qu'il soit de bon ton d'arroser nos invités ? Je t'ai vu faire, tu ne t'es même pas présentée ! Où sont donc passées tes bonnes manières ?

Les mains sur les hanches, elle regardait ladite Lorelei d'un air furibond. Celle-ci, blasée, se laissait sécher sur un rocher par un rayon de soleil, et baillait copieusement devant la nouvelle venue. Elle s'était vite lassée de ma personne, et de moquait éperdument de la tirade son amie. La fée leva les yeux au ciel, secoua la tête, se tourna vers moi, puis sourit :

— Enchantée, ma chérie, je suis Pilly, je suis la fée de la faune et de la flore. Prends ma main.

En effet, depuis tout ce temps, j'étais restée dans l'étang, et je me rendais compte que l'eau, sans être glacée, était bien fraîche, et que la chair de poule envahissait mes bras. Je saisis sa main et doucement, elle me tira vers le bord et m'aida à grimper sur un rocher. Une fois sortie de l'eau, j'essorai mes longs cheveux et tordis ma robe.

— Merci, je suis Théa, dis-je à Pilly.

— De rien, me répondit-elle, Lorelei est incorrigible. Pas méchante, mais elle aime s'amuser. Peu de personnes viennent nous rendre visite, alors…

— C'est normal, c'est mon monde ! Enfin le monde que ma Grand-mère a inventé pour moi et que j'aime à faire revivre.

— Ton monde ? Pilly fronçait les sourcils. Ton monde ? Tu crois que nous sommes quoi ? Le produit de ton imagination ou celui de ton ancêtre ? Que nous n'avons aucune existence propre ?

— Euh…

— Tu te trompes, ma petite ! s'exclama-t-elle en enfonçant

son doigt dans ma poitrine. Nos pensées, nos gestes, notre histoire, tout est dicté par notre propre volonté. Ton imagination n'a rien à voir là-dedans !

Je ne savais pas quoi répondre, gênée. Comment leur expliquer sans les blesser ? Après tout, il n'était jamais agréable de dire à quelqu'un qu'il n'avait aucune existence, que sa vie n'était qu'une espèce de fumée illusoire dans un coin de ma tête. Je décidai de me taire, et tout en baissant les yeux, je soufflais un vague « désolée ».

— Ce n'est rien, m'assura Pilly, tu erres depuis un moment déjà, et il est plus facile de penser que nous ne sommes pas grand-chose…

— Oh non ! Seulement, tout est beau… Tu es merveilleuse. C'est ça ! Vous êtes trop merveilleux, et ça paraît irréel.

Je savais que je venais de marquer des points et que ma bourde était pardonnée à la vue du sourire éclatant que m'adressa Pilly.

— Tu n'es pas mal non plus ! Un peu terne et mélancolique si tu veux mon avis... Notre compagnie te fera du bien.

— Je ne sais pas combien de temps je vis rester...

— Où voudrais-tu aller ?

— Et bien... je crois que dans quelque temps, je risque de devoir repartir. Rentrer chez moi.

— Mais tu es chez toi ici ! Comptes-tu encore errer dans la forêt des années durant ?

J'étais sidérée :

— Des années ? Non, seulement quelques heures !

— À d'autres ! S'exclama Lorelei perchée sur son rocher.

Pilly me serra affectueusement le bras :

— Ma chérie, je sais que tu es là depuis un long moment, crois-moi. Plusieurs d'entre nous ont senti une ombre dans la forêt et s'inquiétaient. Pour ma part, je pensais à un animal, une biche. Maintenant, je sais que c'était toi.

Je clignais des yeux, abasourdie. Des années ? Et puis quoi encore ?

— C'est impossible, m'écriais-je. Si j'errais depuis des années, j'aurais rencontré quelqu'un, parlé à des gens, je vous aurais trouvé bien avant !

Pilly s'approche davantage de moi, et en collant son front au mien, me souffla :

— Pas si tu n'errais pas seulement dans la forêt, mais aussi dans le méandre de tes pensées. Peut-être étais-tu trop centrée sur toi-même pour voir ce qui t'entourait. Peut-être qu'enfin, tu as senti que le moment était venu de te réveiller, d'ouvrir les yeux, de vivre enfin.

Je ne répondis pas. Il est vrai que j'étais perdue dans mes brumes depuis longtemps. Depuis ma grand-mère, depuis ma rupture. Errer dans les bois était sûrement une manière polie de me dire qu'auparavant j'étais une fille paumée, en marge de la réalité. Peut-être que Pilly avait raison. Je me sentais épuisée non pas à cause de ma marche à travers les bois, mais à cause de la lourdeur de mes pensées. Mon chagrin me submergeait et me coupait le souffle. Seulement, depuis quelques minutes, je ne saurais dire combien de temps s'était écoulé depuis ma rencontre avec Lorelei et Pilly, ma peine se faisait moins acérer, et je me sentais plus légère.

Pilly ne marchait pas, elle sautillait. Sa joie de vivre était contagieuse. J'avais l'impression que la nature respirait à travers elle, que l'herbe devenait plus douce quand elle posait ses pieds dessus, que les fleurs se coloraient davantage à son approche, comme si elles voulaient se faire remarquer et distinguer par l'étrange fée de la flore et la faune. Cette dernière m'avait installé au pied d'un chêne et son babillage était incessant, mais clair et rafraîchissant comme l'eau d'une cascade. Elle s'agitait sans cesse et virevoltait autour de moi, tout en me proposant du thé glacé, que je bus avec avidité une fois qu'elle m'eut mis un bol en bois entre les mains. Ensuite, elle s'attaqua à ma chevelure qu'elle démêlât. En deux temps trois mouvements, mes cheveux avaient retrouvé leur éclat, et Pilly avait même glissé une fleur blanche magnifique derrière mon oreille, sortie de je ne sais où, comme par magie. Tout en s'activant, elle me parlait de Lorelei. Cette dernière n'avait pas bougé de son rocher.

— Elle est gentille, mais très malicieuse. Elle ne sort presque jamais de son étang, se sent malade quand elle s'éloigne trop de l'eau. Elle aime paresser ensuite sur son rocher éclairé par un rayon de soleil.

— Et c'est tout ce qu'elle fait de ses journées ?

— Et bien, oui. Ici, il n'y a pas de temps à proprement parler. On ne fait pas le compte des années, des heures, nos journées ne sont pas structurées. Lorelei « garde » l'étang. Si elle n'y est pas, l'étang perd de son éclat, l'eau vire au vert, et même les arbres autour perdent leurs feuilles et se font menaçants.

— C'est déjà arrivé qu'elle quitte l'étang ?

— Je ne crois pas, songea Pilly, ou alors je n'en ai pas le moindre souvenir...

Elle avait frissonné en disant cela.

Je réfléchissais. Le temps me paraîtrait long à moi. J'étais une visiteuse, rien de plus, qui parfois venait me perdre par la porte des fées. Je n'avais jamais songé que la vie ici pouvait continuer, que le temps pouvait s'égrener. Je pensais avoir le contrôle de cet endroit, et en fait il m'échappait. Pas de manière dangereuse, mais j'étais certaine de ne pas avoir inventé Pilly et Lorelei.

Peut-être avais-je sans le vouloir transféré d'anciennes connaissances sur ces étranges fées de la forêt ? Mais sérieusement, j'en doutais. Et pour le temps. Était-ce un oubli de ma part, ou quelqu'un d'autre s'amusait-il avec mon monde, faisant disparaître les horloges et la notion même de temps ?

— Mais, demandais-je, aucune de vous n'a jamais voulu voir autre chose que ces bois ?

— Nous voyons autre chose, il n'y a pas que les arbres qui font partie de notre environnement. D'autres personnes existent. Un jour, il y a longtemps, vivait le Génie des Lieux. Sa sagesse et sa grande connaissance des plantes nous étaient précieuses. Il nous reste quelques vestiges de son savoir mais plus grand-chose. Je sais que ses conseils manquent à Lorelei. C'est aussi pour ça qu'elle ne fait plus rien. Elle paresse. Quelque chose en elle s'est arrêtée.

— Oh ! Elle était donc amoureuse du Génie des Lieux ?

— Non, rigola Pilly, c'est seulement que sa présence nous était indispensable et désormais, nous sommes livrés à nous même. Il est vrai qu'il nous arrive de nous enliser. Maintenant que j'y pense, ça fait un moment que je ne suis plus sortie des bois...

Je la regardais, stupéfaite. Un moment ? Des heures, des années ? Pilly n'en savait rien. Il aurait p s'écouler un siècle sans qu'elle s'en aperçoive.

— Où est-il ? Le Génie des Lieux ?

— Nous ne le savons pas. Nous avons oublié de le chercher. Un jour, peut-être, nous nous pencherons sur la question. Il faudrait organiser une réunion avec Lorelei, l'Enchanteresse et les autres... Mais nous sommes occupées.

Je masquais ma stupeur par politesse. Au fond de moi, j'avais envie de les attraper par la peau du cou et les secouer pour qu'elles se décident à agir. Un des leurs avait disparu, et au lieu de s'activer, elles restaient dans leur coin. Pilly m'avait dit qu'elles s'enlisaient avec Lorelei, mais c'était pire. Bientôt, les racines des arbres prendraient possession d'elles, les transformant en statues, ou en arbres immobiles figés à jamais.

— Et puis, continua Pilly, nous avons oublié ce qu'il s'est passé. Cela fait partie d'autrefois. Peut-être qu'un jour nous le reverrons ! Il ne faut jamais perdre espoir, tu sais.

Je hochai la tête, pas convaincue. Beaucoup de gens m'avaient dit que je me faisais des films sur mon ex, sur l'espoir que j'avais qu'il revienne, mais là, c'était pire que de l'espoir. Comment vivre dans un tel déni ?

— Tu ne penses pas qu'il lui ait arrivé quelque chose ? Insistais-je. Tu ne t'inquiètes pas ?

— Pourquoi s'inquiéter ? Cela occasionne du stress. Nous ne pouvons pas faire entrer ici des émotions négatives, sinon imagine la pauvreté de la nature ? Elle serait étouffante, oppressante... Je crois que quelqu'un l'a enlevé, je n'en plus sûre.

— Et Lorelei, s'en souvient-elle ?

— J'en doute. Elle flotte trop souvent dans l'eau pour avoir les idées claires, et se laisse aveuglément éblouir par les rayons du soleil.

Je repensais aux propos de Pilly. À sa théorie sur la négativité et les conséquences sur la flore et la faune. Si elle m'avait laissé venir jusqu'à l'étang, c'est qu'il me restait un peu de joie de vivre. Car jusqu'à présent, je me percevais comme la fille la plus déprimée du monde. Réel ou imaginaire, cela va sans dire.

3
Le sentier de la Vouivre et la chaumière de la Babouchka

— Si l'Autrefois t'intéresses tant, tu devrais rencontrer la Babouchka. Elle vit à la lisière de la forêt. Elle pourrait sûrement t'éclairer plus que nous, me dit Pilly.

Je me tus, mais pensais fortement que si la mémoire de la Babouchka ressemblait à celle de mes deux fées préférées, j'allais vite tourner en rond.

— La Babouchka ? C'est une fée elle aussi ?

— Oui et non, expliqua Pilly. Elle nage dans des brumes de mystères, très gentille, mais elle quitte rarement sa boule de cristal. Elle peut sembler étrange, mais elle est inoffensive.

— D'accord... Alors, allons-y !

— Oh non, je ne sors que très rarement, je ne me souviens plus de la dernière fois où j'ai quitté mes arbres. Vas-y toi, va t'aérer, tu ne peux pas te perdre, il suffit d'aller toujours tout droit. Si je suis absente trop longtemps, la nature va s'inquiéter et retenir son souffle, mettant mal à l'aise Lorelei qui en est le cœur en quelque sorte, expliqua Pilly.

J'opinai du chef. Après tout, j'avais bien erré dans ces bois un long moment et il ne m'était rien arrivé. En guise d'offrande pour la Babouchka, Pilly m'avait fourré entre les mains un panier rempli de fruits des bois, de noisettes et de drôles de feuilles séchées.

— C'est pour la préparation du délicieux thé glacé que je t'ai fait goûter tout à l'heure, me dit Pilly qui avait suivi mon regard. C'est un de ses péchés mignons, et on ne trouve les plantes que dans cette clairière. Je ne suis pas certaine qu'il lui en reste encore. Prends le tout, ça lui fera plaisir. De plus, elle t'accueillera plus volontiers si tu viens avec quelques cadeaux.

Je ne dis rien, mais pensais que la Babouchka avait dû se passer de son précieux thé voilà longtemps, car à en croire Pilly, cette dernière n'était plus sortie de ses bois depuis des temps immémoriaux. J'espérais seulement qu'elle était encore vivante, sinon je n'aurais qu'à revenir sur mes pas. Jamais je ne m'étais absentée aussi loin de mon chez-moi, de la réalité. Étrangement, je me sentais à l'aise et ne songeais pas à rentrer. Je pris donc la route que Pilly m'indiquait. Elle me fit un signe de la main pour m'encourager. Bientôt, je fus assez éloignée pour ne plus entendre Lorelei barboter dans l'étang. Je me trouvais pour la deuxième fois de la journée plongée dans le silence des bois. Je suivais le sentier avec attention, mais au bout d'un certain temps, le panier se fit lourd au bout de mon bras. Je m'assis sur une pierre au bord de la route, posant le panier à mes pieds, les yeux levés au ciel. Juste quelques minutes, ensuite je repartirais. Je fermai les yeux, laissant une douce brise me caresser le visage, et en les ouvrant, je vis qu'on m'observait. Posté dans les branches, majestueux, un énorme oiseau de couleur orange me fixait.

— Salut toi.

Il ne cilla pas. Ma voix m'avait paru ferme, alors que j'étais peu rassurée. Le volatile faisait deux fois la taille d'un goéland, et malgré son poids, il n'avait pas émis le moindre bruit en se posant sur la branche. S'il m'attaquait, j'aurais du mal à tenir la distance. Malgré son plumage criard, il était magnifique. Ses plumes étaient luisantes, avec de vagues reflets jaunes, un regard vert perçant, des serres énormes de couleur violette qui enserraient la branche et dont il n'hésiterait pas à se servir s'il voulait faire de moi son quatre heures. Je soufflai un grand coup, ramassais le panier et continuais mon chemin. J'entendis un bruit sourd derrière moi. L'énorme oiseau avait quitté son perchoir et se tenait derrière moi. Je me détournai de lui et continuais malgré tout. Je me retournais de temps en temps pour vérifier s'il me suivait toujours. Imperturbable, il sautillait derrière moi.

Au détour d'un virage, alors que je dépassais une grotte postée à ma gauche, l'oiseau se mit à chanter. Posé sur une pierre de la grotte, qui en marquait l'entrée, il me toisait tout en continuant d'émettre son chant puissant et mélodieux. J'étais touchée. Le son me faisait penser à quelque chose, quelque chose de familier, mais je n'arrivais pas à identifier le souvenir. J'avais l'impression qu'il descendait le long de ma gorge comme un feu brûlant et régénérant. Subjuguée et fascinée, je m'approchais de lui et fus surprise de constater qu'il ne s'envolait pas à mon approche. Ensuite, il sauta de la pierre et se dirigea vers la grotte.

— Tu veux que je te suive ? Tu as quelque chose à montrer ?

Il ne répondit pas, mais continuait à me regarder avec insistance. Je décidais de le suivre. Je posais le panier dans un recoin en priant que personne ne vienne le récupérer, et franchis la grotte à la suite de l'oiseau. Au début, je ne distinguais rien. Il faisait tellement noir ! Petit à petit, mes yeux s'habituèrent à l'obscurité, me permettant de voir mes pieds. Je franchis un coude, et me retrouvais devant une immense fontaine taillée à même la roche. Réalisée à partir d'énormes blocs de roches, elle en imposait par sa structure et par le son. L'eau cascadait avec violence sur les pierres, projetant de fines gouttelettes. Au pied de la fontaine, de grandes flaques s'élargissaient. Je remarquais aussi la lumière un peu vacillante. La seule source de luminosité provenait des bougies disposées un peu partout dans la grotte. Elles donnaient une ambiance de sanctuaire, de temple à la grotte. C'était effrayant et magnifique à la fois.

L'oiseau s'était perché tout en haut de la fontaine et me regardait. Mais il n'était pas seul. À moitié immergée, une jeune femme me tournait le dos. Je remarquais la longueur de ses cheveux blond foncé, et l'immense tatouage bleu marine qu'elle avait dans le dos et lui descendais en bas des reins. Il représentait une sorte de dragon, ou de serpent. Riche en détails, j'avais du mal à trancher.

J'étais attirée par l'eau, l'oiseau, la jeune femme. L'endroit était nimbé de mystère. D'ici, on n'entendait plus les bruits extérieurs. Comme si j'avais encore plongé dans un autre monde dans ce monde-là. Je me sentais comme une intruse.

— Je suis désolée si je vous dérange, murmurais-je.

— Je suis la Vouivre, dit la jeune femme en se tournant vers moi.

— Pardon ?

— Je suis la Vouivre, répéta-t-elle.

J'avais pensé que c'était une jeune femme, mais à force de la regarder je me rendais compte de mon erreur. Elle n'était pas jeune, ni vieille, mais comme entre deux âges. Elle me semblait marquée. Je pouvais ressentir son expérience, son vécu, et son regard était profond, dur. Il n'y avait rien de naïf ou d'innocent chez elle. Il émanait de sa personne de la froideur et du mépris.

— Je suis Théa, dis-je. Je ne voulais pas m'imposer, je vais y aller, j'ai juste suivi l'oiseau. Il s'est mis à chanter devant la grotte.

— C'est un phénix.

Bien sûr ! Comment avais-je pu être aussi stupide ! ne pas reconnaître un oiseau aussi sublime, aussi mythique !

— Il est très beau. Il est à vous ?

— Oui et non. Il est mes yeux. En dehors de la grotte. Il m'aide à me tenir informée de ce qu'il se passe à l'extérieur de la fontaine.

— Vous aussi vous restez au même endroit depuis longtemps ? Pilly et Lorelei aussi, c'est très étrange !

La Vouivre eut un rire froid qui se répercuta sur les murs de la caverne.

— La différence entre les fées et moi, c'est qu'elles sont trop stupides pour s'aventurer hors de leur zone de confort. Quant à moi, je suis ici par obligation. Un jour, quelqu'un a décidé de m'enfermer ici, à l'aide d'un sortilège. Ce que tu vois ici n'est rien d'autre que ma prison. Je suis privée de la lumière du jour. Je suis mise de côté, à part. On peut venir me voir, admirer ma détresse, ma beauté, mais cette grotte est protégée par un sort qui ne peut me laisser partir.

— Je suis désolée. Comment puis-je vous aider ?

— Toi ? Que voudrais-tu faire ? Il n'y a plus rien à faire, mon cœur est brisé.

— Qui vous a enfermée ? Et pourquoi ?

— C'est l'amour qui m'a enfermé ici. Un jour, je suis tombée amoureuse et j'ai eu de l'espoir. Voilà où ça m'a mené.

La Vouivre m'inspirait peu de sympathie. Il flottait autour d'elle un sentiment de danger, une aura malsaine. Paradoxalement, j'éprouvais de la compassion pour elle.

— Je comprends, dis-je, j'ai aussi vécu une rupture

amoureuse, et je suis loin de m'en être remise. Je crois qu'il faut du temps.

— Du temps ? Vraiment ? Siffla-t-elle. Comment pourrais-je oublier dans cet environnement ? Voilà des décennies que je suis en tête en tête avec cette fontaine qui me rappelle chaque jour pourquoi je suis ici. Je ne suis pas seulement prisonnière de cette grotte, mais aussi de mes pensées. Alors non, je n'ai besoin de plus de temps !

Je reculais contre la paroi rocheuse. Il y avait tant de haine dans son discours. J'avais l'impression de contempler la fille que j'aurais pu devenir. Elle me faisait peur, car j'avais l'impression d'y voir mon triste reflet. Longtemps, je pensais perdre la raison, et parfois, il arrivait que dans le coin du miroir je surprenne une ombre menaçante prête à m'engloutir. Je savais que je voulais m'en sortir, vivre. Je regrettais d'être entrée dans la grotte, d'avoir suivi ce stupide oiseau. J'avais été happée par son chant mélodieux et son plumage magnifique. Au lieu d'un endroit enchanteur, j'avais plongé dans la fosse aux serpents.

Ses yeux cherchaient les miens et elle me poignardait de ses yeux verts. Elle transpirait la méchanceté. J'avais du mal à respirer et souhaitais plus que tout retrouver la lumière du jour. Sauf que, comme un reptile, elle me tenait sous la coupe de son regard. J'étais fascinée, paralysée. Pars, m'ordonnais-je, cours, fais demi-tour, enfuis-toi ! Mes pensées tourbillonnaient dans ma tête, mais mes pieds restaient scotchés au sol. Puis la Vouivre ferma les yeux et poussa un cri strident. Je secouai la tête et pris mes jambes à mon cou. Je me ruais hors de la grotte et clignais des yeux sous l'éclat du soleil. Terrifié, je me dépêchais de récupérer le panier et courus le plus vite possible jusqu'à la chaumière de la Babouchka. J'espérais que le phénix ne tenterait pas de me pourchasser et de me ramener auprès de la Vouivre.

L'adrénaline me poussait en avant, et quand j'aperçus une maison en lisière de la forêt, je me mis à courir encore plus vite. J'y étais presque, j'avais réussi ! Quand j'arrivais devant sa porte j'étais en nage et essoufflée. Je posais le panier sur le perron et tentai de reprendre mon souffle. Au bout de quelques minutes, je me recoiffais rapidement avec mes doigts, époussetais ma robe, redressai le menton, je vérifiais que le contenu du panier était intact, et je frappai à la porte.

La porte s'ouvrit et je tombai nez à nez sur un personnage. C'est le premier mot qui me vint à l'esprit. La Babouchka se tenait bien droite face à moi, ensevelie sous plusieurs châles colorés, ses poignets et ses bras portant le poids de nombreux bijoux. Avec ses yeux noirs, ses hautes pommettes rouges et sa petite taille, elle levait vers moi des yeux curieux. Avec un grand sourire, je lui tendis le panier tressé de Pilly. Elle le prit sans un mot, sans même jeter un coup d'œil à l'intérieur. Elle me sourit et s'effaça pour me laisser entrer.

— Je suis la Babouchka. Tu es Théa bien sûr, j'attendais ta venue.

D'un geste ample du bras, elle m'invita à m'asseoir sur le canapé tandis qu'elle posait le panier sur la table encombrée de fleurs séchées. Je m'enfonçais dans les nombreux coussins et jetais un coup d'œil à ce qui m'entourait. Son intérieur était aussi coloré que ses habits. On aurait dit que j'avais atterri dans une boutique d'antiquités. Il y avait des amas d'objets de partout. Un grand feu brûlait dans l'imposante cheminée en face de moi dans laquelle était suspendu un chaudron d'où s'échappait une odorante fumée blanche. La maison de la Babouchka respirait le confort, l'invitation à la paresse. Dans les coins et recoins de sa petite chaumière, car l'endroit n'était pas grand ou alors les mètres carrés avaient disparu sous le bric-à-brac, les yeux se posaient sur des poufs, des plaids, des coussins. La couleur dominante était le rouge. Sur les murs, dans de nombreux tableaux suspendus, le canapé... Puis je remarquai la petite table avec une énorme boule de cristal. La Babouchka suivit mon regard.

— Je ne m'en sers pas souvent. Je l'ai hérité de ma grand-mère qui la tenait de sa mère. C'est une sorte de tradition familiale. J'aime sa présence, j'y suis habituée mais je ne pratique plus beaucoup. Parfois, quand le besoin se fait ressentir. Elle te plaît ?

Je m'étais levée pour l'admirer.

— Beaucoup, dis-je, elle est simple, mais très belle. Elle donne un côté mystérieux à la pièce.

— Exact ! Comme je te l'ai dit, j'aime l'avoir sous les yeux. Du thé ?

— Volontiers, dis-je.

Je me rassis sur le canapé, tandis qu'elle remplissait deux tasses dépareillées de thé noir. Elle me tendit une tasse fumante.

— Vous m'attendiez ? Demandais-je. Je pensais que vous n'utilisiez plus vraiment la boule de cristal.

Elle avala une gorgée, puis répondit :

— En effet. Je n'ai pas eu besoin de regarder, je l'ai senti.

— Senti ?

— Ça va te sembler étrange, mais le temps a changé. Cela fait un moment qu'il s'est... suspendu. Que les créatures sont devenues dolentes, paresseuses. Cependant, depuis quelque temps, il a comme frémi...

— Je pensais que le temps ne se calculait pas ici, qu'il n'avait aucune valeur, aucune existence.

— C'est exact. Disons qu'il n'est pas maître et ne structure pas nos journées. Je suis sensible à certaines choses. Certaines choses que les autres créatures ne voient pas. Peut-être est-ce pour ça que je l'ai ressenti. Je savais que quelque chose arriverait.

— Vous êtes médium ? Demandais-je.

— Non, juste très sensible. Je sens le changement. Je ne savais pas qu'une jeune fille débarquerait, mais je pressentais qu'il allait se passer quelque chose, tu comprends ?

Je hochais la tête tout en savourant mon thé. Je me sentais régénérée. J'étais bien ici. Je me sentais protégée. Comme si j'étais à nouveau chez ma grand-mère, dans un endroit familier. Sauf que la Babouchka n'était pas une personne âgée. Il n'y avait pas de rides sur son visage. Ses yeux trahissaient une vive intelligence, mais aussi de la douceur.

— Je suis contente que tu sois enfin sortie du bois, dit-elle.

— C'est ce que Pilly me dit aussi, mais je n'ai pas l'impression d'avoir marché tant que ça !

— Quelque chose me dit que ce n'était pas la marche dans la forêt le plus épuisant. Il existe tellement de moyens de se perdre !

Je ne répondis pas. Du reste, je n'en voyais pas l'intérêt. Elle avait réussi à me cerner. Je tentais de changer de sujet :

— Le panier est de la part de Pilly. D'ailleurs, elle s'inquiétait de ne pas avoir pu vous apporter des fruits et du thé depuis un moment. Elle m'a demandé de vous saluer.

— Tu la remercieras chaleureusement de ma part. Pilly est une bonne fée. Malheureusement, elle commence à s'engourdir elle aussi. Elle est si vive, si joyeuse. J'ai peur qu'un jour, sans qu'elle s'en rende compte, elle prenne racine dans la terre qu'elle aime tant et se transforme en arbre.

Je souris.

— C'est aussi ce que je pense, dis-je. C'est aussi pour ça que je suis venue. J'aimerais comprendre l'Autrefois. Pilly et Lorelei me disent qu'elles ne se souviennent plus, qu'elles ont oublié.

C'est assez étrange.

— Je te l'ai dit, elles commencent à s'engourdir. Lentement, mais sûrement. Ça ne peut plus durer. Tu es sortie des ténèbres au bon moment. Tout n'est pas encore perdu.

— Mais que puis-je faire ? Il n'y a aucun lien entre mon errance dans les bois, et la disparition du Génie des Lieux. Je ne sais pas par où commencer ! Elles m'ont parlé de leur Génie, si cher à leurs cœurs. Selon elles, sans lui elles sont comme perdues et figées.

— C'est exactement ça. Il a un tel savoir ! Une telle richesse et ses pouvoirs sont grands. Il a une telle grandeur d'âme que toute cette intelligence qu'il possède ne lui a jamais perverti l'esprit. Il s'en sert de manière juste et généreuse. Il est l'oxygène de ce monde. Sans lui, tout s'effondre petit à petit. Tu trouveras le chemin, le bon moment, Théa. Tu te sens vide parce que tu es malheureuse mais au fond de toi tu as l'étincelle.

— C'est gentil, mais j'en doute. Je viens ici depuis un moment, même si tout le monde pense que je me cachais dans les bois. Je venais ici pour fuir la réalité, pour me reposer, respirer un autre air quand le mien devenait irrespirable. Maintenant, on m'apprend que je suis spéciale, que j'ai quelque chose à voir avec la disparition du Génie des Lieux et qu'en plus je dois trouver ce qu'il lui est arrivé. Il est peut-être parti répandre son savoir ailleurs, non ?

La Babouchka se leva, fit quelques pas, effleura du doigt la boule de cristal.

— Oh non Théa, il ne s'est pas enfui. Ce qu'il s'est passé est affreux, et j'en ai bien peur, inévitable. Tout était trop parfait.

— Vous savez quelque chose ? Vous vous souvenez ?

— Je suis là depuis les temps immémoriaux. Contrairement à Pilly et les autres, j'ai parcouru les chemins de ce monde et rencontré toutes sortes de créatures. J'ai entendu et recueilli leurs murmures. J'ai aussi vécu des histoires et vu des choses de mes propres yeux.

Elle me resservit du thé, posa la théière sur la table basse, s'installe plus confortablement et reprit :

— Comme je te disais, tout s'est passé il y a longtemps. Sache que cette histoire est vraie. J'ai très bonne mémoire. C'est l'histoire de ce monde, de ton monde. Tu as trop erré dans les bois et tu t'es trop renfermée sur toi-même pour écouter et appréhender ce qu'il se passait autour de toi. Alors, ouvre grand tes oreilles, ma fille.

J'allais la contredire. Pourquoi le monde s'évertuait à penser que j'errais dans les bois ? Pourquoi s'entêtaient-ils à réécrire ma propre histoire ? Avais-je perdu la notion du temps à ce point là ? Et puis, pour la première fois, je ne reconnaissais pas le monde qu'avait créé ma grand-mère, que j'avais inventé à mon tour. Je n'avais jamais rencontré ces créatures auparavant. Est-ce que mon esprit m'avait joué un tour, faisant fi de mes décisions ? Je ne régnais plus en maître sur mon royaume. Désormais, il faudrait faire attention aux vies, aux aspirations de chacun des personnages, et rien ne serait facile. J'avais perdu le contrôle, mais ils avaient néanmoins remis leurs destins entre mes mains.

Je reviens dans l'instant présent où tant de questions de bousculaient dans ma tête, sur fond d'air de révolte. Mais le thé, le feu dans la cheminée et la promesse d'une histoire m'ont fait taire. Et j'ouvrais grand les oreilles comme me l'avait conseillé la Babouchka.

4
Le récit du Génie des Lieux

« Il y eut un jour où tout allait bien. Les créatures allaient et venaient, discutaient entre elles, il n'y avait pas de méchants, pas de gentils, pas de clans. Chacun faisait attention à l'autre, les créatures faisaient du troc, des dons, sans arrière-pensées. Les deux mots d'ordre étaient l'entraide et l'harmonie. C'est comme si l'hypocrisie, le mensonge n'avaient aucune existence. Comme le temps.

Tout commença par une broutille entre deux sœurs. Sauf que cette broutille s'est muée en haine et a tout détruit, a changé notre monde, l'a fait basculer de l'autre côté. Tu m'as parlé du Génie des Lieux, Théa. Il est de grande taille, a des cheveux longs, des traits fins et ressemble à un elfe. Il est très beau et respire l'intelligence. Avant sa disparition, il vivait dans une grotte. L'endroit était pratique, magique, et surtout facile d'accès. Tout le monde pouvait venir lui demander des renseignements, de l'aide... La grotte existe encore de nos jours. Quand le Génie était encore là, il possédait le Sortilège. Le Sortilège représente un grand pouvoir, il contrôle tout ce qui fait notre monde. Il est l'équilibre entre le bien et le mal. En plus du Sortilège, le Génie ne se séparait jamais de son Grimoire. C'est une sorte de livre sacré où il consignait ses recherches sur les plantes, les sorts et tout son savoir. Je ne sais pas ce qu'est devenu ce livre aujourd'hui. Mais entre de mauvaises mains, il peut nous être fatal. Bref, j'en reviens aux deux sœurs. Tout doit te paraître embrouillé Théa, mais tout est lié, tu vas vite comprendre.

Donc, un jour vinrent au monde deux sœurs. La Vouivre et Blanche. Elles ont grandi ici et sont restées très unies, surtout à la mort de leurs deux parents. C'était tragique de les voir ainsi, orphelines aussi jeunes. Tout le monde les a aidés à surmonter cette épreuve. Elles ont joué ici, sur le pas de ma porte, ont couru dans la forêt, se sont baignées dans l'étang. Tout le monde les adorait. Elles étaient tellement gentilles, et puis les autres créatures trouvaient triste qu'elles aient eu à subir un tel drame à un âge aussi jeune. Même entre elles, toujours un mot gentil, toujours à compter l'une sur l'autre, c'était touchant... Et puis elles ont grandi et la Vouivre a rencontré le Génie des Lieux. Il ramassait des baies dans la forêt pour ses potions. Ils ont commencé à discuter et à passer du temps ensemble. Ils ne se quittaient plus. Un matin, je les ai croisés main dans la main, heureux, amoureux. Le Génie était transcendé par la beauté de la Vouivre. Elle était très amoureuse aussi, et luisait d'un éclat incroyable. Ça a duré quelques années ainsi. Mais un jour, Blanche, ou la Dame Blanche comme on l'appelle désormais, par nostalgie sûrement a fouillé dans les affaires de ses parents défunts et a trouvé un papier signé de la main de son père. Tu comprends Théa, les parents des filles étaient ce qui se rapprochait le plus d'une famille royale. Ce sont eux qui avaient instauré nos règles. Ils prenaient les décisions concernant notre monde. C'étaient de bons souverains, généreux, respectés, mais ils avaient leurs coutumes, leurs traditions comme tous les rois. Le papier qu'avait trouvé la Dame Blanche n'était autre que le testament de son père. Lequel stipulait que l'aînée, Blanche elle-même, devait épouser le Génie des Lieux. Ainsi la Beauté et l'Intelligence pourraient régner sur le royaume et sceller la complémentarité. Selon le père de la Vouivre et de Blanche, il ne faisait que suivre la prophétie du Sortilège. Tu imagines bien la stupéfaction de Blanche. Elle adorait sa sœur et le Génie, ne souhaitait que leur bonheur. Jamais elle n'a jalousé sa sœur. Elle a donc couru les retrouver pour avoir la confirmation de ce qu'elle venait de lire. Le Génie a activé le Sortilège et à nouveau, la prophétie leur a été révélée. Si elle n'était pas respectée, la Vouivre allait perdre la vie. Le testament était magique, et une fois découvert, il s'activait et le compte à rebours commençait, le sort était jeté. Et ledit testament stipulait que seulement l'aînée des deux sœurs se marie, à moins que celle-ci ne soit décédée et que le moindre souffle de vie ne puisse plus franchir ses lèvres, dans ce cas, et dans ce cas de figure seulement, la cadette pourrait convoler en justes noces. Mais Blanche se portait bien, et la Vouivre dut s'effacer et laisser la place à son aînée.

Très vite, le mariage s'organisa. Je sais pas si la Dame Blanche était secrètement amoureuse du Génie, mais elle l'admirait, c'est certain. Elle se résigna à son sort facilement, contrairement à la Vouivre, brisée de chagrin. La Dame Blanche ne voulait pas voir sa sœur mourir. Elle avait perdu trop de gens qu'elle aimait. Elle avait besoin de la présence de sa sœur. Pour consoler la Vouivre, le Génie lui offrit un phénix, symbole de la Renaissance, ainsi qu'un philtre magique de son cru, qui représentait leur amour passé, pour ne pas oublier combien ils avaient été heureux. Il a enfermé dans un flacon la plus belle chose qu'il n'ait jamais ressentie, mais aussi les espoirs déçus de la Vouivre. Enfermé dans son amour, car impossible à vivre au grand jour. Elle n'était pas en colère, pas sur le moment, et elle aussi, tout comme toi, a longtemps erré dans les bois ensuite. Le

Génie a tenté de la raisonner, de la sauver de sa douleur. Même ses sorts ont échoué.

Le Génie et la Dame blanche se sont installés après leur mariage dans le château des défunts parents des filles. Autrefois, c'était un château magnifique, imposant, dont la beauté et la puissance étaient connues à des lieux à la ronde. À la mort de la reine et du roi, il s'est transformé, et désormais, c'est un château en ruine, où aucune herbe ne pousse jamais. Les pierres sont grises et froides. Il est balayé par les courants d'air, le vent ne s'arrête jamais de souffler, tandis qu'une brume immobile flotte sans cesse au-dessus.

Comme cadeau de mariage, le Génie a offert à la Dame Blanche un chandelier sculpté pour lui permettre de retrouver son chemin dans l'obscurité du château. Les mauvaises langues disent aussi que le chandelier sert à éclairer et percer d'une lueur l'âme de la Dame Blanche, qui est devenue noire comme la nuit. Il lui a aussi donné une baguette en bois, provoquant feu et chaleur pour s'abriter des courants d'air et du froid qui règne au château.

Je pense qu'ils ont été heureux. Le Génie s'en sortait bien, ou faisait semblant. Il était attentionné avec Blanche, c'était touchant. Quant à elle, elle le dévorait des yeux, comme si elle renaissait enfin, comme si après de longues nuits infinies, elle voyait à nouveau la lumière du jour. Elle l'admirait, elle l'aimait trop. Au fur et à mesure, elle a oublié sa sœur, trop centrée sur son propre bonheur. Le temps a passé, certaines créatures et surtout moi, retenions notre souffle. Car la Vouivre est revenue. Et tous les pores de son être criaient vengeance.

Le château surplombe un énorme lac. La Vouivre s'en est servi pour inonder le royaume en entier. Le château, mais aussi la forêt. Le Génie se trouvait dans sa grotte à ce moment-là.

Surpris par la vivacité de l'eau, et avant qu'il ait pu tenter quoi que ce soit, la Vouivre l'avait emprisonné à l'intérieur avec le Sortilège qu'elle lui avait dérobé. Une fois le Génie enfermé, elle a plongé dans le lac et aurait ri à gorge déployée. Même à ce moment-là, Théa, elle n'a pu se résoudre à sacrifier sa sœur. Elle ne lui a fait aucun mal, ou infligé de blessures physiques, rien de tout ça. Elle a préféré enfermer celui qui avait rompu le lien et la communication entre elles. Malgré les années, son amour pour le Génie était toujours aussi vivace et il l'est encore. Elle a préféré le voir disparaître, dans l'espoir peut-être que la Dame Blanche lui pardonnerait et qu'enfin elles oublieraient le triste épisode de la capture du Génie des Lieux. Ce que la Vouivre ignorait alors, c'est qu'en mettant de côté le Génie, elle mettait aussi en sourdine les créatures, la faune, la flore ! Je sais qu'il est encore vivant, car tant qu'il respire encore, la forêt respire de concert avec lui. Mais le temps s'égrène, et un jour il s'éteindra, emportera ce monde avec lui, et nous avec. Ce sera notre fin à tous. Je m'égare Théa, mais j'ai bientôt terminé mon histoire. Alors que la Vouivre riait comme une folle dans le lac, la Dame Blanche, qui avait eu des échos des méfaits de la Vouivre décida de la punir pour de bon. Armée de sa baguette, sur les rives du lac, faisant face à sa sœur, elle assécha le lac à jamais et s'en servit pour construire une fontaine dans la forêt. Taillée à même la roche, dans une caverne sombre. Elle enferma la Vouivre à l'intérieur et scella l'entrée par un sort puissant. Il est possible pour nous autres de rentrer dans la caverne. La Dame Blanche l'a voulu ainsi, pour que chacun se souvienne de ce que la haine et la vengeance peuvent créer, pour que chacun en tire une bonne leçon. Je pense aussi que c'était une manière de montrer ce dont elle était capable, l'étendue du pouvoir de la baguette. Elle voulait prouver qu'elle possédait un trésor et que sa simple baguette de bois, malgré les apparences, pouvait être dangereuse. Les gens l'avaient connue petite et démunie. Elle leur prouvait ainsi qu'elle n'était plus une petite fille mais une reine désormais, et détentrice d'un certain pouvoir. Elle devait aussi penser qu'ainsi elle dissuadait les gens de s'en prendre à elle. Voilà, tu connais toute l'histoire. »

La Babouchka s'enfonça dans son fauteuil et but son thé à petites gorgées.

Je baissais la tête. Je ne pouvais qu'être attristée du sort de la Vouivre.

— C'est tout ? Demandais-je.

— Je crois que c'est assez, non ?

— Oui, mais ça s'arrête là ?

— Oui. Que veux-tu savoir de plus ? Je te l'ai dit Théa, à partir de ce moment-là, le monde s'est figé. C'était il y a longtemps et rien n'a bougé depuis.

— Mais, vous savez où se trouve le Génie ! Il suffit de le libérer !

— Ah, Théa, il ne suffit pas seulement de savoir. Tout ceci est entouré de magie, de sorts, c'est très compliqué.

Je me renfonçais dans les coussins, songeuse.

— J'ai rencontré la Vouivre en venant ici, repris-je. J'ai vu la caverne.

— Vraiment ? Elle est bien cachée pourtant.

— Pas vraiment... Au bord du chemin, je n'y aurai pas fait attention s'il n'y avait pas eu l'oiseau. J'ai vu le phénix, il s'est mis à chanter devant l'entrée et je l'ai suivi. J'ai été comme attirée.

— Théa, tu n'aurais pas dû ! Je maudis ces maudites fées de t'avoir laissé venir ici toute seule ! Suivre un oiseau ! Sans savoir ce qu'il aurait pu t'arriver ! Mais bon, ça te regarde, après tout, il faut que tu aies toutes les cartes en mains. Tu aurais dû y aller un jour ou l'autre de toute façon. Car si tu es là, c'est pour finir l'histoire !

— L'histoire ? Mais enfin, je ne la connais que partiellement ! Je ne sais pas comment faire, qui voir, où aller, et honnêtement, je suis un peu effrayée. La Vouivre m'a envoûtée. J'ai été sous l'emprise de son regard, je ne peux pas lutter contre elle, je suis désolée. J'ai suivi un stupide oiseau sans me méfier des conséquences. Je ne suis pas prête !

La Babouchka reposa sa tasse sur la table et prit ma tête entre ses mains :

— Théa. Toutes les histoires ont un début, un milieu et une fin. Toutes. Tu ne peux pas laisser une histoire ainsi, il lui faut une fin, sa fin ! Peu importe qu'elle soit bonne ou mauvaise, mais il faut que tu clôtures ce chapitre et ferme le livre.

— Mais je...

— Tu en es capable. Je sais ce que tu ressens. Je vois le vide en toi. Tu n'as pas ressenti de peur devant l'oiseau car tu crois que tu ne ressens plus rien. Mais il y a une force, une étincelle qui existe encore en toi. Et tant qu'elle est encore présente, tant que je peux la sentir, alors il a de l'espoir. J'ai de l'espoir. Sors une bonne fois pour toutes de ces bois Théa, je t'en supplie. Sinon j'ai peur que toi aussi tu t'enfermes dans ta propre caverne et que tu ne veuilles même plus voir la lumière du jour.

5
L'enchanteresse

Mes pas me guidèrent inévitablement vers la grotte. J'avais besoin de retourner voir la Vouivre. Je me sentais proche d'elle à cet instant, surtout après avoir entendu l'histoire de la Babouchka. Sa peine faisait écho à la mienne. Contrairement à elle, j'étais libre de mes mouvements, de me changer les idées, de sortir. La Vouivre, elle, était condamnée à ressasser ses pensées, son histoire d'amour déchue éternellement, avec pour seule compagnie un oiseau offert par son ancien amoureux, et l'incessant clapotis de l'eau.

— Ma douleur t'inspire ? Que fais-tu encore ici ? Demanda la Vouivre.

— Rien, j'avais besoin de réfléchir, de vous revoir.

La Vouivre se contenta de me fixer d'un air mauvais.

— La Babouchka m'a raconté votre histoire. Si vous saviez à quel point je suis désolée...

— Tu es désolée, ricana-t-elle. Et moi alors ? Sais-tu seulement ce que je peux ressentir ? Je suis devenue une maison sans âme, inhabitée, sans chaleur, sans espoir de rénovation ! Depuis qu'il est parti, je vis sur des ruines et je suis sans cesse entrain de penser à lui. Il est tout le temps dans ma tête, à chaque fois que j'ouvre ou ferme les yeux, il apparaît, il me hante, comprends-tu ? Je l'aime autant que je le déteste, et je me hais pour ça ! Si seulement il pouvait m'être indifférent ! La colère me tient en vie tandis que l'amour me brise et fait que je m'effondre tous les jours, toutes les heures. Je n'ai pas besoin de prison. Mon cœur et ma tête m'enferment déjà et tendent vers lui, sans arrêt.

— Et parfois, continuais-je, ça fait tellement mal physiquement que vous en avez le souffle coupé. Vous vous repliez sur vous-même en espérant que la vague de douleur partira, que c'est la dernière fois. Sauf que ce n'est jamais la dernière fois.

Je l'avais coupé dans son élan. Elle continuait de me fixer, avec une flamme étrange dans le regard. Elle se détourna, plongea dans l'eau, m'éclaboussa, puis revint vers moi, les coudes posés sur le rebord de la fontaine.

— Que sais-tu de l'amour, petite fille ignorante ?

— Plus que vous ne le pensez. Je ne suis pas condamnée à errer dans une caverne, mais j'erre continuellement dans les bois. C'est comme ça que l'on me perçoit ici. Je pense que si vous étiez à ma place, dehors, vous souffririez tout autant. Car rien ne m'aide à m'évader de mes pensées, de lui. J'ai l'impression de vivre courbée sous un poids énorme. J'adorerais me redresser, respirer mieux, regarder le ciel, vivre !

Elle éclata d'un rire froid et sans joie :

— Tu penses que nous sommes semblables et que tu peux m'aider ?

— Non, dis-je, je tenais juste à dire que je vous comprends, que vous n'êtes pas seule dans ce cas. Certaines personnes ont souffert et d'autres souffriront encore.

— Et ça t'aide réellement de penser une chose pareille ?

— Oui, dis-je, je crois.

— Et bien pas moi ! Cracha-t-elle. Tu n'as aucun conseil à me donner. Ce que tu vois, c'est malsain, c'est un puits sans fond. Je ne veux pas avancer sans lui. Il se doit d'être à mes côtés. Si tu peux passer à autre chose, ça signifie que ton histoire n'était pas authentique, que tes sentiments envers lui étaient factices.

— Faux ! Vous ne me connaissez pas. Je l'aimais sincèrement. Et je l'aime encore aujourd'hui, mais je ne veux pas m'enliser, je ne veux pas...

— Devenir comme moi ? Me coupa-t-elle.

— Non, je...

— Mais si, dis-le ! Je te fais peur. Quand tu me vois, c'est une partie de toi que tu observes. Le recoin le plus sombre de ton cœur. Tu ne veux surtout pas devenir comme moi. Une femme aigrie, à jamais condamnée à cause d'un amour impossible. Au fond de toi, tu sais que tu es capable de basculer du mauvais côté, de perdre espoir. Ce que tu cherches en venant ici, c'est simplement de te rassurer. Tu as peur d'apercevoir ton propre reflet en moi. Le temps te le prouvera. Qui te dit que ce n'est pas toi que tu observes en moi mais avec quelques années de plus ?

— C'est faux, dis-je, c'est complètement absurde...

— Théa, chère Théa, tu n'erres peut-être plus dans les bois, mais tu as déjà un pied dans la caverne !

Et elle se remit à rire tout en m'éclaboussant. J'étais pétrifiée, j'avais l'impression de voir une ombre, la mienne, se dessiner doucement dans la caverne et m'envelopper, pour m'enfermer à son tour. Sans m'en rendre compte, je m'étais affaissée sur le sol en terre battue. Dans mes brumes, de très loin, j'entendis comme un bruit de clochettes. Le tintement parvint à me sortir de ma torpeur et peu à peu, je me relevais. Je vis que la Vouivre s'était redressée, les dents retroussées, fixant l'entrée de la caverne.

— Qui parle d'errer, de pieds fatigués, de ténébreuses

pensées !

Je tournai mon visage vers l'entrée et vis une silhouette féminine. La nouvelle venue, grande, mince, les longs cheveux châtains, souriait à la Vouivre. Elle était enveloppée d'une aura douce et chaleureuse. En entrant ici, elle avait apporté la lumière.

— Que fais-tu ici ? Grogna la Vouivre.

— Tatata, pas de ça ! Je suis l'Enchanteresse, dit-elle en s'avançant vers moi, de l'amour je suis la maîtresse ! Théa, mets tes pas dans les miens et continue ton chemin !

Voyant que je restais immobile, elle me prit par la main et m'entraîna vers la sortie.

— Théa, ne te morfonds pas, il n'est jamais aisé de trouver le chemin à travers l'obscurité ! Si tu me suis, je te ramènerai à la vie.

L'Enchanteresse portait une robe courte de couleur rose vif et une couronne de roses blanches et rouges sur la tête. Ébahie, je me laissais emporter par cette drôle de fille, aussi pétillante que Pilly. Elle m'inspira confiance dès le début. Elle ne marchait pas, mais sautillait et s'extasiait sur le moindre rayon de soleil, sur un caillou d'une couleur différente, sur la drôle de forme d'une feuille. Son émerveillement perpétuel avait quelque chose de revigorant, comme une gorgée d'eau après une longue marche au soleil. Je m'aperçus vite qu'elle parlait en rimes avec un naturel déconcertant.

— Où allons-nous ? Demandais-je.

— Je te ramène au cœur de la forêt, là où ton âme troublée pourra se reposer !

— Mais... je n'ai pas fait grand-chose aujourd'hui, je vais bien.

— Pas de ça avec moi, Théa ! La Vouivre a commencé son œuvre et si je n'étais pas intervenue, avec ses tentacules de pieuvre, elle t'aurait avalé toute crue !

Je ne répondis pas, et me laissais guider. Très vite, nous rejoignîmes Pilly et Lorelei, occupées à se prélasser au bord de l'eau.

— Regardez qui voilà ! Théa ! S'écria l'Enchanteresse.

— Chut, dit Lorelei, ne viens pas troubler la paix de mon chez-moi.

— Tu as tout le temps d'en profiter, alors souri, et arrêtes de bâiller !

Je m'assis au bord de l'eau à côté de Pilly, trempais mes pieds dans l'étang tandis que l'Enchanteresse, incapable de tenir en place, ramassait des fleurs pour en faire des bouquets.

— Alors ma chérie, as-tu vu la Babouchka ? Demanda Pilly.

— Oui, dis-je, elle m'a raconté l'histoire du Génie des lieux et de la Dame Blanche. J'ai même vu la Vouivre et son Phénix.

— Quelle journée fatigante ! Tu es courageuse d'avoir vu autant de monde et supporté tant de kilomètres, dis Lorelei en étouffant un bâillement, tandis que Pilly me dévisageait avec des yeux horrifiés.

— Tais-toi, Lorelei, tout te fatigue ! Que faisais-tu avec la Vouivre ? Tu ne dois pas aller dans la caverne !

— Oui seulement, tu n'as pas voulu m'accompagner et tu ne m'as pas mis en garde contre les mauvaises personnes que je pourrais rencontrer, arguais-je avec fougue. J'ai dû me débrouiller toute seule.

— Je suis désolée, dit Pilly en baissant les yeux.

En la regardant de plus près, je vis que je l'avais réellement blessée.

— Excuse-moi Pilly, j'aurais dû être plus prudente. Tu m'avais avertie que ça faisait longtemps que tu n'étais pas sortie de la forêt. La prochaine fois, je ferai plus attention, c'est promis.

Pilly ne répondit pas et se contenta de serrer ma main. Lorelei se redressa :

— La prochaine fois ? Reste ici et profite du soleil, de l'air pur. À part la forêt et les arbres, rien ne vaut la peine aux alentours.

— Je t'interdis de parler comme ça, quitte ton bassin et reprends-toi, dit l'Enchanteresse. Théa est notre invitée, elle a le droit d'aller et venir comme il lui plaît. Tiens, dit-elle en me tendant un bouquet de jonquilles.

— Merci, dis-je, elles sont superbes. Ce sont mes fleurs préférées.

Au moment où je les portais à mes narines pour savourer leur odeur, les jonquilles se transformèrent en papillons et s'envolèrent. Quand je baissais les yeux sur ma main, elle ne serait que du vide. Lorelei et l'Enchanteresse éclatèrent de rire et Pilly me scrutait d'un air amusé.

— Elles le font tout le temps, dit-elle d'un air blasé.

Je souris puis levai mon visage au ciel pour faire profiter mon visage du soleil. Je ne savais pas trop quoi faire. Je me voyais mal rester ici avec les fées, même si leurs présences m'apaisaient et si j'appréciais leurs compagnies.

— Bon dis-je en me relevant d'un coup, j'ai un Génie à sauver !

Elles me fixèrent de manière interdite. Puis :

— Le Génie des Lieux ? Alors ça y est, il revient ? Demanda Lorelei pleine d'espoir.

— Ne sois pas stupide, dit Pilly, puis Théa n'est pas sérieuse quand elle parle de ça, n'est-ce pas Théa ?

— Je suis très sérieuse Pilly. Je ne vais pas vous demander de me suivre, mais juste de me soutenir. Je sais que vous êtes incapables de sortir d'ici, que vous vous mourrez petit à petit, et il est hors de question que je laisse votre monde se dissoudre. J'ai besoin de cet endroit, de vous ! Alors oui, je vais retrouver le Génie.

— Le Génie, le Génie, il va danser autour de moi, de Lorelei, de Pilly ! Il va revenir ici, nous prodiguer à nouveau ses conseils et sa magie, chantait l'Enchanteresse.

— Théa, dit Pilly en prenant mes mains, es-tu sûre de toi ?

— Théa, contre vents et marées, va le ramener dans la forêt, et nous vivrons en paix à tout jamais, continuait l'Enchanteresse.

— Sûre et certaine. Si vraiment je n'y arrivais pas, je saurais retrouver mes pas et revenir ici vers vous.

— Alors courage, ma Théa, et fais attention à toi. J'espère te revoir vite, mais pas trop non plus, car cela signifiera que tu as accompli ta mission.

— Oui, renchérit Lorelei, reviens, mais avec le Génie !

— Tais-toi Lorelei et laisse faire Théa. Bonne chance, ma chérie, nos bonnes ondes t'accompagnent, n'en doute jamais !

Je la serrai contre moi et tournais le dos à l'harmonie d'une belle journée ensoleillée au bord de l'eau, jusqu'à ce que l'Enchanteresse me coupe la route.

— Qu'est-ce que…

— Un cadeau pour Théa, pour que la magie t'accompagne où que tu sois.

Elle s'enfonça dans la forêt et revint accompagnée d'une licorne. La bête était magnifique et tellement blanche et éclatant était son pelage que je dus cligner plusieurs fois des yeux tellement j'étais éblouie. Comme l'Enchanteresse, la licorne possédait sa propre aura et éclairait ce qui l'entourait. Du bout des doigts, je frôlais sa corne, stupéfaite par tant de merveilleux. Irisée, brillante comme du verre, mais dure comme de la roche, j'avais du mal à me dire que je ne rêvais pas.

— Elle s'appelle Calypso et c'est la mienne, expliqua l'Enchanteresse. Elle chasse la haine, apporte lumière et joie quand les ombres surgissent et te noient.

— C'est un cadeau fantastique.

J'étais émue.

— Êtes-vous certaine que vous n'en aurez pas besoin ? Demandais-je.

— Je suis dans la forêt et bien entourée, dit l'Enchanteresse. Ici, il ne peut rien m'arriver, mais je ne veux pas que tu sois blessée. Je te prête ma monture, elle paraît gracile et fragile, mais c'est la plus solide des armures, elle est souple et agile. Si tu as un doute, elle saura te guider alors accepte ce cadeau, et galope vers ta destinée !

Je caressai la licorne, agrippai sa crinière et me mis sur son dos. Pas de rênes, ni de selle, ni d'étriers, je devais la guider au son de ma voix. Une fois sur la licorne, je me rendis compte que je ne savais pas où aller.

— Pilly, appelais-je.

Elle s'avança vers moi. Et je me penchais pour que les autres ne m'entendent pas.

— Je ne sais pas par où commencer, murmurais-je.

— Il est temps que tu ailles au château. Sors de la forêt, va toujours tout droit et tu le verras de loin, il est en haut d'une colline. Il est possible que tu croises la Dame Blanche. Méfie-toi d'elle, je ne sais pas ce qu'elle est devenue, si elle va t'aider ou vouloir té détruire. Mais il est temps que tu t'aperçoives dans quel camp sont les autres. Ensuite, tu pourras aviser. Aie confiance en toi, Théa, et si jamais tu n'y parviens pas, je sais que tu te seras battue jusqu'au bout pour tenter de nous sauver.

— Merci, Pilly, prends soin des autres, et fais attention à toi.

Elle me fit un clin d'œil, et d'un coup de talon, je lançais

Calypso au galop. Sa vitesse était stupéfiante. Bientôt, je n'arrivais plus à distinguer les arbres autour, mais seulement des masses compactes de vert, de marron. Parfois, du coin de l'œil, j'aperçus un éclat orangé. J'étais suivie. La Vouivre avait lancé son Phénix à mes trousses.

6
La mule et le cygne

Je laissais peu de répit à Calypso, et galopai à bride abattue. Je tentais, vainement, d'égarer l'oiseau en route, mais il était omniprésent. Je quittais parfois le sentier pour me perdre dans les profondeurs de la forêt pour essayer de le semer. Peine perdue encore, il connaissait ce monde mieux que moi. En haussant les épaules, je continuai ma route, sans me soucier de lui. Après tout, il pouvait bien répéter à la Vouivre mes faits et gestes, à quoi bon ? Enfermée dans la caverne, elle ne pouvait rien faire contre moi. Je chassais le Phénix de mes pensées et décidai de m'en soucier plus tard. J'avais un Génie à libérer. Je passais devant la chaumière de la Babouchka en soulevant un nuage de poussière. En tournant la tête, je vis cette dernière occupée à cueillir des baies sur un buisson. J'attrapai la crinière de Calypso et tirait fermement, pour lui faire comprendre de stopper net. Mon arrivée fracassante avait attiré l'attention de la Babouchka :

— Théa, je suppose qu'il ne s'agit pas d'une visite de courtoisie ?

— En effet, dis-je, je vais sauver le Génie des Lieux, mais avant je dois parler avec la Dame Blanche. Je ne sais pas encore si elle voudra m'aider ou...

J'allais ajouter « me tuer », mais j'avais peur de passer pour une victime ou une fille mélo dramatique. Ils pensaient tous que j'avais passé mon temps à errer dans les bois, comme une pauvre âme en peine. Je ne pouvais pas leur montrer combien je me sentais impuissante et perdue. Personne ne faisait rien et s'enlisait dans sa fainéantise, et ils comptaient sur moi pour sauver leur monde. Je n'avais pas l'étoffe d'un héros, mais je pouvais au moins faire semblant et en revêtir l'armure.

— C'est un sacré projet, dit la Babouchka avant de replonger la main dans le buisson.

— C'est nécessaire, arguais-je.

Elle hocha la tête et me montra du doigt les baies :

— Regarde, certaines ont commencé à noircir. Les ombres avancent et commencent à se répandre.

— Oui, dans ce cas, il vaut mieux les cueillir et en profiter pour les manger rapidement.

— Oh, elles ne sont pas comestibles !

— Ah...

Je descendis de Calypso et m'approchais d'elle. En regardant mieux le buisson, je m'aperçus de ma méprise. Les baies, minuscules et roses avaient un visage. Du moins deux yeux, un nez, une bouche. Je restais stupéfaite.

— Elles sont vivantes ? Demandais-je, bouche bée.

— Oui, je les sauve pour ne pas que la noirceur les contamine.

— Mais... Si elles ne sont plus dans le buisson, elles vont mourir quand même non ?

— Non, je vais prendre soin d'elles et elles resteront en vie, jusqu'à ce que tu réussisses ta quête et que je puisse les remettre dans un autre buisson, en meilleure santé que celui-ci. Il n'y a plus grand-chose à faire, hélas...

J'opinais du chef et remontai sur le dos de Calypso.

— Un dernier conseil, peut-être, avant que je parte ? Demandais-je.

Elle me regarda longuement, puis :

— Avant de te parler, je pensais que tu n'étais qu'ombre. Mais il y a une lumière puissante en toi. Tu es les deux. Et c'est ta force. Tu ne comprends peut-être pas ce discours, mais c'est tout ce que j'ai à dire.

— Euh, merci.

Sacré conseil, me dis-je, ironique. Les créatures de ce monde étaient douées pour déclamer des discours ombrageux et philosophique. Je me rappelai les centaures de la Forêt interdite dans Harry Potter et riais sous cape, en me disant qu'à ce rythme-là, je ne retrouverai jamais le Génie. Dans un dernier sourire, je pressai mes talons contre le flanc de Calypso et elle bondit en avant. Un cri m'arrêta et je coupai net Calypso dans son élan. Je me retournais et vis la Babouchka qui me faisait de grands signes. Je reviens vers elle.

— Théa ! Attends ! Ne bouge pas !

Inquiète, je regardais les alentours m'attendant à un danger quelconque, tandis que la Babouchka prenait son panier de baies et rentrait le poser chez elle. Quelques minutes plus tard, elle ressortit, ferma à clé sa chaumière et se dirigea à l'arrière de sa maison. Elle revient un tenant une mule par la bride.

— C'est très gentil, dis-je, gênée, mais l'Enchanteresse m'a prêté sa licorne.

— Cette mule n'est pas pour toi ! Elle ne rivalise pas avec la monture de l'Enchanteresse. C'est la mienne.

Elle se mit en selle à ma plus grande surprise.

— Eh oui, Théa, je pars avec toi. Allons ensemble voir dans quel camp joue la Dame Blanche, et dans quel état d'esprit elle se trouve !

— Vous devez rester, certains ont besoin de vous ici !

— Qu'ils attendent ! Tu es bien plus importante. Si tu réussis, tout ira pour le mieux. Je préfère venir avec toi, plutôt qu'attendre seule ici. Tu es devenue ma priorité, et je dois m'assurer que tu arrives saine et sauve. Alors, je t'accompagne jusqu'au château. Après je verrai si je te suis ou si je fais demi-tour.

— Merci, c'est vraiment adorable. Êtes-vous certaine que votre mule arrivera à tenir la cadence de Calypso ?

— Non dit-elle en riant, mais je crois que tu as assez fait galoper ta licorne pour aujourd'hui. C'est toi qui devras t'adapter à notre rythme !

Tout en avançant au pas, la Babouchka confortablement installée sur sa mule à mes côtés, je flattais l'encolure de Calypso. Depuis mon départ de la forêt, il est vrai que je ne l'avais pas ménagée !

Pendant un moment, aucune de nous ne parla. La Babouchka regardait tout autour d'elle. Il y avait longtemps qu'elle n'avait pas quitté sa maison et son environnement proche. Quant à moi, je percevais à peine ce qui m'entourait, trop occupée et concentrée sur ce qu'il m'attendait. J'espérais que la Dame Blanche pourrait nous aider pour la suite de notre aventure. J'étais effrayée, c'était bien la première fois que j'étais dans le monde des fées, et petit à petit, il s'effritait entre mes doigts. J'en perdais le contrôle, et me laisser doucement glisser dans l'histoire que les créatures s'était créée. Ce n'est pas une histoire, me dis-je, il s'agit de leur vécu, de leur destinée. Je n'avais jamais rencontré aucun de ces personnages auparavant. Seulement, à mon insu, ils étaient nés, et depuis, ils vivaient, respiraient, dans ce que je continuais à appeler malgré tout mon monde. Ils menaient leurs existences propres, avec leurs propres problèmes, leurs habitudes auxquelles ils étaient tellement attachés. Je ne pouvais m'empêcher de me demander si ce n'était pas mes allers-retours incessants entre ici et mon véritable chez-moi qui avaient détraqué leurs vies. Je ne devais pas être ici, c'était contre nature. Après tout, me rassurais-je, qu'avais-je d'autre à faire chez moi. Rien. Le néant et l'ennui m'engloutissaient. Ici, j'étais utile. Je craignais aussi, et sans le formuler à haute voix, que peut-être l'ombre grandissante, que toute cette noirceur émanait de moi. Comme si mon inconscient me demandait d'en finir avec les fées, les contes, et autres histoires. Une manière de tirer la sonnette d'alarme, en me demandant de devenir une adulte responsable. Je regardais du coin de l'œil la Babouchka. Était-elle réelle, ou seulement le fruit de mon imagination ? J'avais du mal à distinguer le faux du vrai ici. Je commençais à m'attacher à eux, à ces différentes personnalités, bonne ou mauvaise. Ils m'avaient laissé entrer dans leur vie le plus naturellement du monde, et maintenant j'étais impliquée. Je ne pouvais pas les laisser tomber, les abandonner à leur sort, baisser les bras et décider que leur avenir ne me concernait pas. C'était terriblement égoïste. J'avais besoin de les aider. Il n'était pas seulement question de rétablir la paix, de ramener le Génie. C'était plus profond, plus ancré en moi. Je devais le faire, pour laisser de côté l'ancienne moi et me transformer, pour quitter les ombres et revenir enfin dans la lumière. Ce n'était pas seulement les fées, la Babouchka, le Génie, c'était aussi pour me retrouver moi. Cette sensation me souleva le cœur et me compressa les poumons plus encore que le reste. Je me sentais vivante, et j'étais soulagée qu'il reste en moi quelques miettes d'humanité et de normalité. Perdue dans mes pensées, je n'entendis pas la Babouchka qui m'appelait de plus en plus fort :

— Théa, tu rêves ?

— Désolée, je me demandais à quoi pouvait ressembler la suite de notre aventure.

— Je te demandais ce que tu avais fait à la Vouivre ?

— La Vouivre ? Rien, pourquoi ? Enfin, avouais-je, il est vrai qu'elle est à fleur de peau, mais je ne pense pas l'avoir énervée plus que ça...

— Je me posais la question parce que son Phénix nous suit. Il ne nous lâche pas d'une semelle.

— Oui, il me surveille depuis que j'ai quitté Lorelei, Pilly, et l'Enchanteresse. Il ne faut pas y faire attention, la Vouivre est incapable de nous nuire tant qu'elle reste enfermée dans sa caverne.

— Je vois, mais il faut quand même se débarrasser de cet oiseau, je n'aime pas l'avoir dans nos pattes. Il est sournois et plein de mauvaises surprises. Je ne veux pas prendre le risque qu'il fasse du mal à nos montures pour nous ralentir. Sans oublier qu'il reste l'espion de la Vouivre.

— Que peut-on faire ?

— Ne t'inquiète pas, Sidonie peut nous aider.

— Qui est Sidonie ?

La Babouchka ne répondit pas. Elle me fit signe de la suivre et prit la tête de notre expédition. Après avoir parcouru quelques mètres, elle s'enfonça dans un sentier sur la droite. Le sentier, étroit, était pratiqué caché par les buissons touffus et les branches des arbres qui tombaient bas sur le sol. Je tenais fermement la crinière de Calypso tout en me penchant le plus possible. Le sentier débouchait sur une petite clairière entourée d'arbres hauts et touffus qui la gardaient cachée et lui faisaient comme une forteresse. La Babouchka s'arrêta au bas du plus arbre de la clairière.

— Qu'est-ce que..

— Chut, m'intima la Babouchka, il ne faut pas lui faire peur. J'aurais dû la prévenir avant, j'espère qu'elle n'a pas pris la fuite en nous entendant arriver.

Elle mit pied à terre, se posta au pied de l'arbre et se mit à siffler. Je descendis de Calypso à mon tour et restai en retrait. Quand je levais les yeux au sommet de l'arbre, j'aperçus une cabane en bois. Seulement, il n'y avait ni échelle ni escalier dérobé pour y accéder. La Babouchka s'était arrêtée de siffler. Une forme blanche s'envola soudain par une des fenêtres de la maison en bois et vint se poser à nos pieds. C'était un cygne. Aussi blanc et majestueux que la licorne. Après nous avoir dévisagés de ses yeux noirs, il mit sa tête sous son aile et tourna sur lui-même. À la place du cygne se tenait désormais une jeune femme à la peau blanche et aux lèvres rouge vif. Ses cheveux étaient courts, bruns, et deux ailes de cygnes blancs ceinturaient son front délicat. Avec sa courte robe blanche et ses sandales aux pieds ornées d'une plume chacune, elle aurait pu passer pour une danseuse de ballet.

— Babouchka et... Théa, c'est bien ça ?

Je hochais la tête et la Babouchka prit ses mains dans les siennes.

— Sidonie, souffla-t-elle, je suis si heureuse de te trouver. Je pensais que tu t'étais envolée de ces contrées il y a fort longtemps.

— Non, je suis toujours là, un pressentiment me forçait à rester ici. Depuis, je guette la noirceur qui s'étend de mon perchoir. Mais je vois que j'avais raison d'attendre encore un peu. Je vous vois fourbues et inquiètes, où vous rendez-vous ainsi ?

— Sidonie, ma douce, je crains que notre jeune amie ici

présente ait mis la Vouivre sur des charbons ardents.

— Je vois, rigola Sidonie en m'adressant un clin d'œil. Bravo Théa, même si j'imagine qu'elle n'avait pas besoin d'une nouvelle venue pour ça ! La Vouivre est méchante. Du fond de sa caverne, elle arrive encore à répandre sa haine et à faire parler d'elle. Je crois que je l'admire, d'une certaine manière.

— Sidonie, s'écria la Babouchka, tu l'admires ? Vraiment ?

— Je dis juste qu'elle fait preuve d'une force exemplaire pour quelqu'un enfermée au fin fond d'une grotte depuis très longtemps. Son chagrin est toujours vivace. Sa colère n'a aucune limite. C'est une manière de s'occuper sans doute.

— Oui, sans doute, dit la Babouchka, soulagée.

— C'est le Phénix, le problème, ajoutais-je. Elle l'a envoyé à nos trousses et il est impossible de s'en débarrasser.

— Rien n'est impossible, Théa, crois-moi. Voulez-vous que je vous vienne en aide pour l'oiseau ? Je ne peux vous aider à porter le fardeau qui pèse sur votre cœur, mais je peux m'occuper du Phénix.

— Je t'en serais infiniment reconnaissante, dit la Babouchka. Il nous faut gagner du temps. Le savoir dans les parages en train de nous espionner n'a rien de rassurant. J'ai peur qu'il s'en prenne à nous.

— Je vais faire le maximum la rassura Sidonie. Mes chères, allez devant, ne soyez pas troublées, soyez tranquille, je vous promets un peu de répit. Je n'arriverais peut-être pas à le faire disparaître, mais vous aurez le temps de prendre de l'avance. Allez, en selle et au galop... ou pas, ajouta-t-elle en voyant la mule.

Je rigolais et Sidone me sourit.

— N'aies pas peur Théa. Tu connais ce monde mieux que tu ne le penses. Crois en toi.

Je remontais sur le dos de Calypso et la Babouchka fit de même avec sa mule. Alors que nous faisions demi-tour, je jetai un dernier coup d'œil à Sidonie. Elle s'était déjà métamorphosée en cygne et commençait à prendre son envol.

— Vite, Théa, ne traîne pas, me pressa la Babouchka.

Une fois sur la route principale, nous partîmes au trot, la seule cadence rapide dont la mule était capable. Alors que nous avancions le plus rapidement possible, derrière moi, j'entendis des bruits d'ailes et des cris stridents. Je serrai fort le poing, en espérant qu'il n'arriverait rien à Sidonie. Je n'osais me retourner pour regarder l'issue du combat. Il fallait me concentrer pour la suite. La prochaine visite serait pour la Dame Blanche.

Après plusieurs heures et recouvertes de poussières et de feuilles, nous quittâmes la forêt et nous nous retrouvâmes face à la demeure de la Dame Blanche.

La Babouchka ne m'avait pas menti en me disant que le château était en ruine. Il paraissait même improbable que quelqu'un puisse encore y vivre. Perché en haut d'une colline, dominant la vallée et la forêt qui s'étendait à ses pieds, avec seulement une brume grise et épaisse au-dessus qui lui faisait comme un toit, le château paraissait froid et peu accueillant. J'aurais pu passer à côté sans me douter que quelqu'un vivait encore ici.

— Êtes-vous sûre que la Dame Blanche soit ici ? Demandais-je.

— Certaine, elle est bien là, mais elle se cache. Elle ne veut plus se préoccuper de ce monde et de ses habitants. Elle erre comme un fantôme dans des pièces désolées, avec cette brume persistante au-dessus de la tête.

— Il y a plus joyeux comme endroit...

— Certes, mais c'est ici qu'elle se sent le mieux. C'est son foyer, son refuge. Je crois que le château est son miroir. Il reflète sa propre douleur, celle d'avoir perdu sa sœur, son mari. Elle doit s'y sentir bien seule, mais c'est son choix. Elle aurait pu rechercher notre compagnie, et je crois que Pilly avait tenté de la sortir de cet amas de pierres, mais rien à faire. Pour elle, le temps s'est arrêté ici.

Tant de cœurs brisés, de souffrance, pour une histoire d'amour ! À cause d'un papier écrit par leurs parents, leur propre sang. Quelle trahison sans le vouloir ! Si les parents des deux sœurs avaient su qu'ils précipiteraient leur royaume dans la déchéance et le chagrin, ils auraient cherché à neutraliser la Prophétie et le Sortilège. Mais les protagonistes étaient morts, ne restaient que des âmes en peine, perdues chacune de leur côté et noyées dans leur peine. Il fallait désormais recoller les morceaux, et même si la tâche s'avérait ardue, je m'étais promis de tout tenter pour y arriver. Pour sauver ces gens de leur tristesse éternelle, et aussi et surtout parce que la romantique en moi me le criait, me le suppliait. Je compatissais à leur douleur à tous. J'étais encore amoureuse et je me torturais sans cesse. Je faisais semblant, c'est tout, je m'occupais comme je le pouvais, mais il revenait me hanter sans cesse. Et c'est aussi pour cette raison-là, en plus de toutes les autres, que je ne pouvais pas échouer.

7
L'hospitalité de la Dame Blanche

Après les arbres et l'herbe verte de la forêt, je me trouvais face à l'imposante demeure de la Dame Blanche, qui était l'exact contraire de ce que je venais de quitter. Je menais Calypso d'une main sûre sur la terre devenue aride et stérile de l'ancien lac. Auparavant, c'était une grande étendue d'eau, désormais, aucune plante n'y poussait plus. La magie avait fait son œuvre de façon considérable, annihilant toute forme de vie. Il avait fallu une colère grandiose et une douleur sans fond pour parvenir à un tel résultat. Mon cœur se serra. Je jetai un coup d'œil à la Babouchka et vis qu'elle avait le regard résolument rivé sur le château en ruine. Arrivée en contrebas de la solide forteresse, je descendis de Calypso. Je m'accroupis sur le sol et ramassais des pierres de la couleur de celles du château et quelques herbes séchées mais solides. Je tressais les herbes entremêlées de cailloux sur la crinière de Calypso.

— Pour Pilly, expliquais-je à la Babouchka. Une manière de lui dire que nous sommes arrivées à destination. J'espère qu'elle comprendra le message.

— Pilly saura le déchiffrer, ne t'en fais pas. Je pensais que tu garderais Calypso plus longtemps.

— Oui, mais vu le chemin qui nous attend...

D'un signe de tête, je lui montrais la pente escarpée avec l'herbe sèche, voire inexistante, et les nombreux cailloux coupants et glissants.

— De plus, ajoutais-je, le vent ne cesse de souffler. Je ne veux pas risquer de blesser la licorne. Il est temps pour elle de rentrer à la maison et de retrouver les siens.

La Babouchka fit de même avec sa mule. D'une tape sur la croupe, elle la fit partir au galop. Je dis adieu à Calypso et l'envoyait à la suite de la mule. Je remarquais avec fierté que la licorne adaptait son allure à sa compagne. Bientôt, elles ne furent que deux points de couleur claire à l'orêt de la forêt, puis elles disparurent. Avec un soupir résigné, la Babouchka entreprit la montée jusqu'au château. Après un dernier coup d'œil vers la forêt, je la suivis. Le vent soufflait, nous faisait trébucher parfois. Il cinglait nos visages et j'eus vite les larmes aux yeux. À cause des rafales, l'effort était double.

Bientôt, à bout de souffle, nous arrivâmes devant le château en ruine. Sur place, l'endroit paraissait encore plus lugubre. Il n'y avait rien, à part des morceaux de pierre disséminés d'ici, de là, des herbes éparses, et le vent, toujours omniprésent. Aucun oiseau, aucune fleur. Pilly aurait été malheureuse ici.

— Tu es sûre de toi, Théa ?

— Je n'ai pas le choix, dis-je, où est l'entrée ?

Devant nous se dressait un immense mur de pierre et aucune porte n'était visible. J'entrepris de faire le tour, la Babouchka sur mes talons. Bientôt, je me retrouvais face à un porche à moitié détruit. En m'approchant, je vis l'humidité qui ruisselait sur les remparts. Je m'avançais et arrivais dans la cour.

— Il y a quelqu'un ? Appelais-je.

— Chut ! Théa, doucement, me conjura la Dame Blanche.

— Nous sommes venues pour la voir, lui parler ! Nous

n'avons pas de mauvaises intentions envers elle, alors allons-y.

Je continuais à avancer dans la cour. Les portes pendaient lamentablement sur leurs gonds. J'avisais un escalier accolé à une petite tour et j'entrepris son ascension.

— Théa, fais attention !

Faisant fi de ses recommandations, j'avançais toujours. Sur le palier, j'enjambais la porte en face de moi, en mauvais état elle aussi. J'arrivais dans un hall sombre, avec une double porte qui en occupait le centre. Je frappais doucement, pour la forme, puis entrais. Ce que je vis me figea sur place. Me tournant le dos, une silhouette habillée de blanc occupait le centre de l'immense salle, et tenait un chandelier en bois sculpté à la main. Une sorte de bâton dépassait d'une poche de sa robe. Me rappelant le récit de la Babouchka, je savais qu'il s'agissait de la baguette. Je remarquais aussi les arcades en pierre au-dessus de nos têtes, et ce vent, toujours, qui soufflait et hurlait à travers les nombreuses ouvertures. Je fus sidérée de voir qu'aucun ornement, qu'aucun meuble n'égayait la pièce. Le sol et les murs étaient de pierres brutes. Comment la Dame Blanche pouvait-elle vivre ici ? Et depuis tant d'années ?

Transie de peur et de froid, je décidais d'indiquer ma présence. M'avait-elle entendue frapper au moins ? La main de la Babouchka se posa sur mon épaule. Bien que terrifiée elle aussi, elle m'avait suivie et me soutenait. Sa présence et la chaleur de sa main me firent du bien.

— Bonjour, dis-je, je suis désolée d'entrer chez vous ainsi, mais j'ai appelé et frappé à la porte et je n'ai eu aucune réponse.

— Qui es-tu ?

— Je suis Théa. Je suis venue avec la Babouchka. Je devais... voulez-vous parler.

Doucement, la Dame Blanche se tourna vers moi et me fit

face. Son teint était pâle, rehaussé par des pommettes roses et des yeux noirs comme un puits sans fond. On aurait pu la confondre avec une statue. De loin, sa peau blanche paraissait être exempte de pores, et ses mains tout aussi blanches trahissaient une vie d'oisiveté. Elle ne décocha aucun sourire, se contentant de me fixer de son regard terrible.

— Théa, finit-elle par dire. Et la Babouchka. J'ai de très bons souvenirs de vous, de votre chaumière, sachez-le. J'adorais y jouer avec ma sœur. C'est une époque lointaine, révolue désormais. J'ai beaucoup de tendresse pour vous, Babouchka, vous me rappelez des jours meilleurs.

La Babouchka se contenta d'un signe de tête respectueux et d'une légère révérence.

— Peut-être n'est-il pas trop tard pour revenir à cette époque-là ? Tentais-je.

— Théa, tu es bien jeune, et tu n'as pas connu la désolation, la perte. Ma vie s'est arrêtée ce jour-là. Quand le lac s'est asséché, que ma sœur s'est vengée, que j'ai dû la condamner à jamais. En quelques minutes, j'ai perdu tout ce qui constituait mon univers, mon monde. Depuis, j'erre à travers les ruines et le vent, avec ce chandelier pour me guider dans l'obscurité et cette baguette, qui provoque le feu et la chaleur pour me protéger des courants d'air. Ici, ils sont éternels, comme ma douleur... C'est le Génie, mon mari, qui m'a offert ces présents à notre mariage. Il voulait que je n'aie pas froid, que je sois en sécurité. Et c'est le cas. C'est chez moi ici. Le temps s'étire, et je reste là, figée.

Elle avait prononcé ces derniers mots dans un souffle.

— Vous pourriez sortir, voir d'autres gens...

— Pourquoi ? Je n'ai qu'une hâte que le temps file encore et encore, et que je disparaisse. J'aimerais qu'il y ait une fin, que je puisse reposer en paix. Je ne veux pas voir le monde tel qu'il est devenu, je préfère la compagnie de mes fantômes. Tu es trop jeune pour comprendre.

— Non, j'entends ce que vous dîtes. Mais s'il existait un moyen pour retrouver le monde d'autrefois ? La joie de vivre ? Sauteriez-vous le pas ?

J'eus droit à l'ombre d'un sourire. Ma naïveté l'amusait sans doute.

— Théa, non. Je ne souhaite pas revenir en arrière. Juste m'en aller une bonne fois pour toutes. J'ai bien essayé, tu sais, de tout arrêter. Quelque chose me retient. Je crois que j'aime souffrir. C'est devenu une habitude et si cette douleur s'en allait, je me sentirais bien seule.

Je ne savais quoi répondre. Elle commença à bouger, à se mouvoir, à devenir un peu humaine, avec sa longue robe flottant derrière elle. En pleine nuit, on devait facilement la confondre avec un fantôme. J'en eus des frissons.

— Le Génie, murmura la Babouchka.

— Quoi ? Demanda la Dame Blanche, et sa voix était aussi cinglante que les courants d'air qui nous entouraient.

— Le Génie, répété la Babouchka, plus fort cette fois-ci. C'est le seul moyen.

— Le Génie, répété la Dame Blanche. Je ne veux plus le revoir. Jamais.

— Je croyais que vous étiez malheureuse sans lui, je pensais que l'amour pourrait vous sauver, dis-je.

— L'amour ? Ricana la Dame Blanche. Tu penses vraiment que le Génie était amoureux de moi ? J'avais seulement droit à son respect. C'était le devoir qui le liait à moi et rien d'autre ! À cause de cette stupide Prophétie. Il m'a épousé pour que la

Vouivre, ma sœur, puisse rester en vie. Libère-le et c'est elle qu'il ira retrouver ! Peu importe si le monde s'effondre autour d'eux. Souvent, quand je le voyais perdu dans ses pensées, c'est le reflet de la Vouivre que je voyais dans ses yeux. Le pire, c'est que je le comprends. Ma sœur est un être merveilleux, magnifique. Il est impossible de ne pas l'aimer. Mais nos parents ont tracé nos destinées. Les entremêlant, les détruisant. Le royaume n'a pas été sauvé, pourtant, ou juste en apparence. Il se meurt.

— Je suis sincèrement désolée, vraiment, dis-je, mais l'ombre se répand. Les fées sont frappées de fainéantise, les arbres s'endorment puis meurent, il faut les sauver, et je dois le faire ! Dites-nous où est enfermé le Génie, je vous en prie.

La Dame Blanche me tourna le dos et se mit à jouer avec la baguette entre ses doigts.

— Le temps presse, déclara la Babouchka. Je n'aurais pas accompagné Théa si la situation n'était pas si grave. Vous savez combien la nature m'est précieuse.

— Je le sais, Babouchka. Tu penses que Théa est apparue pour une bonne raison ?

— La meilleure des raisons si elle sauve le royaume. Elle erre depuis longtemps dans les bois. Elle aime ce monde, elle a son propre regard sur ce qu'il s'y passe. Ses idées vont nous aider.

D'un mouvement de baguette, la Dame Blanche fit apparaître un feu qui se mit à flotter en face d'elle. Brusquement, elle se tourna vers nous à nouveau :

— Très bien, Mesdames. Veuillez me suivre, il est temps de libérer le Génie.

Je lui fis un grand sourire, et entendis la Babouchka qui poussait un long soupir de soulagement. La Dame Blanche nous fit traverser la salle immense, et ouvrit une porte qui donnait sur un escalier qui s'enfonçait dans l'obscurité. Précédent le feu flottant, elle commença à descendre les marches.

— Il est là-dedans ? Demandais-je.

— Oh, il est bien caché, j'y ai veillé.

Son chandelier à la main, elle nous guida. Je tentais de m'accrocher aux murs glissants et surtout de ne pas tomber. Nous descendîmes un bon moment avant d'atterrir sur un sol de terre battue. La lumière du feu et du chandelier se reflétait sur des barreaux en fer. Très vite, je compris que nous étions dans les cachots. J'avais du mal à imaginer le Génie, un être avec autant de sagesse et de lumière dans un endroit aussi lugubre.

— Approchez-vous, souffla la Dame Blanche. Positionnez-vous face au mur. Je reste en retrait, car depuis le temps, il est devenu craintif à mon approche.

Nous lui obéîmes.

— Voyez-vous la trappe, au fond ?

— Non, dis-je en plissant les yeux, tout en bas ?

Je vis la Babouchka qui passait ses mains sur les épais murs de pierre dans l'espoir d'y trouver une brèche.

— Vous êtes au bon endroit, dit la Dame Blanche.

Et d'un geste brusque, elle referme la porte du cachot nous emprisonnant la Babouchka et moi à l'intérieur. Elle nous avait piégés.

— Il est hors de question, cracha-t-elle, que je vous laisse détruire ma vie ! Libérer le Génie, et puis quoi encore ? Je suis heureuse ainsi, malgré tout, et je n'ai pas besoin de vos lubies pour me gâcher mon quotidien. Je reviendrai d'ici une dizaine d'années pour enlever vos squelettes. À moins que le monde se soit écroulé d'ici là...

Et elle nous laissa dans le noir en hurlant de rire comme une démente. Accrochée aux barreaux, je voyais la lueur du chandelier disparaître peu à peu, jusqu'à s'éteindre complètement. Nous étions enfermées et condamnées. Je sentis la main de la Babouchka dans la mienne. Dans notre détresse, nous étions ensemble.

8
Le Val des Nymphes

J'avais perdu la notion de jour, de nuit. Petit à petit, j'arrivais à distinguer la silhouette de la Babouchka près de moi. Après avoir perdu des jours à crier, supplier, tenter de trouver une ouverture nous permettant de nous évader, nous étions assises, vaincues. La faim tiraillait mon ventre et ma gorge avait pris la consistance du parchemin tellement elle était devenue sèche. Les jambes tendues devant moi, la tête appuyée contre le mur, je me creusais les méninges pour trouver une solution. L'aventure ne pouvait pas s'achever ainsi, pas comme ça ! J'essayais de respirer calmement, de ne pas céder à la panique.

— Je suis tellement désolée, dis-je à la Babouchka, c'est moi qui vous ai entraînée là-dedans.

La Babouchka serra mon bras d'une pression affectueuse.

— Ne le sois pas, Théa, c'était mon choix de t'accompagner. Même si nous sommes tombées dans un piège, je suis contente que tu n'aies pas à subir cette épreuve toute seule. Nous savons dans quel camp est la Dame Blanche, c'est au moins ça de gagner.

— À quoi cela peut-il nous servir ? Nous ne pouvons prévenir personne ! Nous sommes coincées ici et pour des années, voire même des siècles !

— Reste calme, tout va s'arranger.

— Si seulement nous avions un peu de lumière ! C'est encore plus désolant dans le noir. Je me demande quel jour nous sommes et quelle heure peut-il être...

— Oui souffla la Babouchka, un peu de lumière. Ce qu'il nous faudrait, c'est un peu de *lumière*...

— À moins que vos mains ou vos yeux s'illuminent par magie, ou si vous aviez transporté votre boule de cristal, alors là oui, ça nous aiderait grandement !

— Je n'ai pas ma boule de cristal sur moi. Et aucune partie de mon corps ne s'illumine. Mais quand tu m'as croisée alors que je mettais différentes créatures à l'abri, j'ai été prise de court et n'ai plus pensé que j'avais glissé ceci dans ma poche...

Je l'entendis fouiller parmi ses nombreux châles.

— Ça y est, s'exclama-t-elle.

D'un coup, la lumière fut. C'est comme si le cachot avait été illuminé par une bougie de taille moyenne. En m'approchant de plus près je m'aperçus qu'il s'agissait d'un...

— Eh oui, un champignon ! Qui l'aurait cru ! Il en pousse dans un taillis près de chez moi. C'est devenu une espèce assez rare. Très pratique pour retrouve son chemin la nuit.

J'éclatais de rire. Je me sentais mieux tout à coup. Décidément, ce monde n'en finissait pas de me surprendre. Je repris espoir. Il ne faut pas se décourager, me raisonnais-je, une solution va se présenter. Si les champignons brillent dans le noir, alors qui sait, peut-être avons – nous une chance de nous en sortir. La lumière avait réchauffé nos cœurs. Quelques heures plus tard, nous nous installâmes le plus confortablement possible malgré l'humidité et le sol dur en pierre, et nous ne tardâmes pas à nous endormir pour de bon.

Je me réveillais en sursaut quelques heures plus tard. J'avais cru entendre un bruit. Je jetais un œil à la Babouchka, qui dormait profondément. Encore un bruit, comme un bruissement. Vite, je me cachai sur le champignon pour le cacher derrière une pierre. Le corps de la Babouchka en protégeait la petite lueur restante. Puis je m'allongeais et feignais de dormir. Je sentis une douce chaleur m'envahir pendant qu'une main douce caressait mon visage.

— N'aies pas peur Théa, tu es en sécurité.

J'ouvris les yeux pour plonger dans un regard couleur turquoise. Une femme magnifique me souriait. Je lui souris en retour, certaine de pouvoir lui faire confiance. En baissant les yeux, je m'aperçus que nous étions au bord d'une cascade.

— C'est vous qui... Mais comment... balbutiais-je.

— C'est ton esprit qui est avec moi Théa, ton corps, lui, est resté près de la Babouchka dans cet affreux cachot. Je suis la Fée bleue. Tu as peut-être déjà entendu parler de moi ?

— Oh, mais oui ! M'exclamais-je.

— Très bien, inutile de faire les présentations. Tu es ici dans le Val des Nymphes. Tu n'en verras pas ce soir, ajouta-t-elle tandis que je me dévissais la tête pour tenter d'apercevoir ces merveilleuses créatures réputées si discrètes.

J'étais subjuguée. Dans les contes, les légendes, les films et dessins animés... La Fée bleue était une référence. Elle apparaissait toujours de nuit, dans une robe bleu brillant comme les étoiles, magnifique. Chez ma Fée bleue, tout était de couleur bleue : cheveux, yeux, lèvres, sa robe, ses chaussures. Une drôle d'aura l'entourait, comme si elle avait été façonnée par un rêve, comme si ma vision avait été remplacée par un filtre un peu flou.

— Je suis enchantée de vous connaître, dis-je, très honorée.

— Je te remercie, Théa, mais je dois dire que c'est moi qui suis en admiration devant ton courage. Tu n'as pas hésité à relever les défis de cette aventure, et sans prendre peur devant les risques que tu pourrais encourir, alors bravo. Mais tu es tombée dans un piège. La Dame Blanche nous a trahis. Ton cœur est pur, et ton désir de sauver ce monde est sincère et non intéressé. La Babouchka et toi sortirez bientôt, tu as ma parole. Théa, il est temps pour toi de quitter cet endroit harmonieux pour le château en ruine. Mais ta captivité ne durera pas. Prête attention aux signes.

— Quels signes ?

Elle ne répondit pas et plongea ses yeux turquoise dans les miens. Je me réveillais en sueur à nouveau, le cœur battant.

— Waouh, dis-je.

— Tu as fait de beaux rêves ? Me demanda la Babouchka, amusée par mon expression.

— Navrée de vous avoir réveillée.

— Du tout ma fille, cela fait quelques heures que le sommeil m'a quitté.

— Vous connaissez la Fée bleue ? Elle m'est apparue cette nuit, et m'a emmené au Val des Nymphes.

— Vraiment ?

— Certaine, Babouchka ! Elle m'a dit que notre captivité prendrait bientôt fin.

— Théa, cela signifie que la chance est avec nous ! T'a-t-elle dit comment nous allions sortir ?

— Non, mais elle m'a dit de faire attention aux signes. Enfermés, les signes ne servent à rien, et ils ne vont pas tomber sur nous, dans ce cachot !

À peine ma phrase terminée, il y eut un bruit énorme au-dessus de nos têtes. Une forme blanche passa juste au-dessus de nous, il y eut un énorme courant d'air, puis des pierres qui tombaient à côté de nous et sur nous. Je mis mes bras au-dessus de ma tête pour me protéger comme je le pouvais. De loin, j'entendis un cri strident, puis un bruit compact, indiquant que quelqu'un nous avait rejoints dans notre cellule. Je levais les yeux et vis avec joie qu'il s'agissait de Sidonie, la dame qui se transformait en cygne.

— Faire attention aux signes... Au cygne plutôt ! Sidonie, c'est la Fée bleue qui t'envoie ?

— Oui Mesdames. Dépêchons – nous, la Dame Blanche est réveillée, et inutile de vous préciser qu'elle est folle de rage.

— Je n'y crois pas, souffla la Babouchka.

— Vite, montez sur mon dos !

— Nous sommes trop lourdes pour toi !

Sidonie était un cygne imposant, certes, mais deux personnes sur son dos allaient l'épuiser et la ralentiraient.

— J'ai oublié ! Théa, approche-toi, ça risque de faire un peu mal, mais c'est nécessaire.

Me voyant stoïque, elle s'approcha de moi et me donna un grand coup de bec sur le sommet du crâne.

— Aïe ! Criais-je.

Je la vis faire de même avec la Babouchka. Puis, sans comprendre comment, je sentis mes jambes se dérober, et Sidonie grandir.

— Qu'est-ce que..

— Ne t'inquiète pas, Théa, expliqua la Babouchka, Sidonie nous a rapetissés pour que nous puissions s'envoler avec elle. Allez, vite !

Sidonie se coucha, puis nous nous accrochâmes à ses plumes en faisant attention de ne pas en abîmer, et elle prit son envol. Au début, je me cachais le visage. Mais bientôt, la vitesse, l'air dans mes cheveux, me fit oublier ma peur du vertige. Je regardais en bas et vis la silhouette de la Dame Blanche, la bouche grande ouverte sur des cris que nous n'entendîmes pas.

Je lui tirai la langue. Accrochée à Sidonie, je me laissais porter vers la liberté. L'aventure n'était pas terminée. Elle venait juste de subir un énorme rebondissement.

Nous arrivâmes saines et sauves grâce à Sidonie. Elle nous déposa délicatement sur la pelouse soyeuse du Val des Nymphes. La Fée bleue nous accueillit avec chaleur.

— Merci, Sidonie.

— Avec plaisir, répondit cette dernière. Ces dames méritent un coup de main ! Et je dois avouer que j'ai laissé une sacrée empreinte dans son château, et rien que pour ça, ça valait la peine, ajouta-t-elle avec un sourire mutin.

La Fée bleue lui répondit par un clin d'œil et se tourna vers nous.

— Mesdames, vous devez être affamées. Vous trouverez sur cette table, de quoi vous nourrir et vous désaltérer. Ensuite, prenez un peu de repos. Sur ce, je vous souhaite une douce nuit.

Sidonie se positionna pour prendre son envol quand la Fée bleue l'arrêta :

— Tu n'oublies rien ?

D'un signe de tête, elle nous désigna moi et la Babouchka et nos tailles anormalement petites.

— Désolée, je m'en occupe. Même si je continue à penser que vous êtes très bien ainsi aussi !

Deux coups de bec plus tard, nous retrouvâmes notre taille d'origine, et Sidonie put rejoindre sa cabane perchée dans la forêt et sa tranquillité. Après un dernier sourire, la Fée bleue disparut comme par enchantement. Derrière elle se trouvait une table dressée pour deux personnes, avec une dizaine de plats en tout genre et autant de carafes d'eau et de thé.

— Magnifique ! M'écriais-je.

Pendant un long moment, je me contentai de manger, et de

boire jusqu'à satiété. Enfin repue, je quittais la table pour aller m'allonger. Je m'endormis de suite.

Quand je me réveillais, la Fée bleue se tenait debout, près de nous. Je fus surprise de retrouver la même aube, comme si le temps ne s'était pas écoulé. J'en fis la remarque à la Fée.

— Le Val des Nymphes n'a aucune existence dans le temps, expliqua-t-elle. C'est un espace clos, toujours enfermé dans une aube éternelle. C'est pour cela que cet endroit est mien. Je vis à la lisière des rêves. C'est grâce aux rêves que je peux aider les gens, leur délivrer des messages. Tu ne trouveras jamais ce lieu ensoleillé ou assombri par la nuit. Je vais vous laisser vous reposer et reprendre des forces, j'ai d'autres créatures à visiter. Vous êtes ici en sécurité, le Val est en endroit magique, vous ne dormirez pas mieux ailleurs qu'ici.

À peine avait-elle terminé son discours qu'un doux engourdissement m'envahit. Je me tournais vers la Babouchka et vis que ses yeux papillonnaient de sommeil elle aussi. La Fée bleue disparut sans un mot, le sourire aux lèvres, dans un éclat de lumière bleue. L'herbe ne m'avait jamais paru aussi attirante. Je me laissais glisser et envahir par son parfum. Je m'endormis aussitôt. J'avais l'impression de m'enfoncer dans un nuage moelleux, doux et chaud. De drôles de rêves se pressèrent contre mon front. J'avais enregistré des images de cette aventure et des brides d'anecdotes racontées par les créatures rencontrées ici se mêlaient entre elles. Une phrase revenait sans cesse : « que le moindre souffle de vie ne puisse plus franchir ses lèvres ». C'était la Babouchka qui m'avait dit ça, lors de notre première rencontre, quand elle me parlait de l'histoire de ce monde et du Sortilège. Devant mes paupières closes tournoyaient une baguette en bois, et l'image du Génie enfermé dans sa grotte.

« Que le moindre souffle de vie ne puisse plus franchir ses lèvres ».

Je me réveillais quelques heures plus tard, alerte. La Babouchka était réveillée elle aussi.

— Babouchka, dis-je, j'ai trouvé une solution.

— Encore, un rêve ? Décidément, le Val est très reposant et inspirant, il faudra remercier la Fée bleue.

— Babouchka, je ne plaisante pas, je sais comment sauver ce monde et venir à bout de la menace qui pèse au-dessus. Mais j'ai besoin que tu me fasses confiance, et j'ai besoin de ton aide, aujourd'hui plus que jamais.

— Je t'écoute, Théa, tu as l'air toute chamboulée.

— Je dois retourner au château en ruine et affronter la Dame Blanche.

— Théa, tu n'y penses pas sérieusement !

— Je dois retourner au château en ruine, répétais-je calmement en détachant chaque syllabe, affronter la Dame Blanche, et lui voler sa baguette.

La Babouchka ne chercha pas à m'en empêcher. Ce n'était pas mon geste à venir qui lui faisait peur, mais la détermination qu'elle avait lue dans mes yeux qui avaient de quoi la terrifier.

9
Retrouvailles

Il y eut un bruissement derrière moi. Je me retournais vivement et tendis l'oreille.

— Qui est là ? Demandais-je.

— Théa, murmura la Babouchka, tu penses que la Dame Blanche nous aurait...

— Chut, soufflais-je, affolé, quelqu'un est là et nous écoute !

Je m'approchais à nouveau, peu rassurée.

— Qui est là ? Répétais-je.

Soudain, deux personnes me sautèrent au cou. Je tentais de me libérer de toutes mes forces.

— Lolaaaaa !!!!

Je me reculais pour mieux dévisager mes agresseurs.

— Pilly ? Enchanteresse ? M'écriais-je. Que faites-vous ici ?

Pilly virevoltait, folle de joie, tandis que l'Enchanteresse exécutait quelques pas de danse avec la Babouchka qu'elle avait attrapée par le bras.

— Nous avons croisé Sidonie, m'expliqua Pilly. Elle nous a fait la morale en nous disant que nous n'avions pas été là pour toi, que l'on aurait dû t'accompagner, que tu avais été en danger, et donc nous voilà !

— Mais je croyais que la forêt... l'étang... Où est Lorelei ?

— Oh celle-là ! À part barboter, elle ne sait rien faire d'autre !

Je lui ai dit que je partais avec ou sans elle. Ma place est à côté, et je suis prête à t'aider. On commence par quoi ?

— Stop, dis-je en riant, reste calme quelques minutes. Je suis tellement contente que tu sois là, ça me touche que tu sois venue, merci, merci !

Et je la serrai fort contre moi. Je me tournais vers la Babouchka, un grand sourire aux lèvres. Je vis que celle-ci était toujours aux prises de l'Enchanteresse. Cette dernière dansait autour d'elle en faisant voler ses châles.

— Ça suffit ! J'ai dit ça suffit ! S'écria-t-elle en tirant d'un coup sec sur ses foulards, faisant tomber l'Enchanteresse.

L'Enchanteresse se releva aussitôt, me prit par le bras et me fit tournoyer avec elle.

— Ces satanées fées, grogna la Babouchka, enfin, un peu d'aide ne sera pas de trop.

— Satanées fées, fées des bois, de l'eau, de l'amour, guidez nos pas, rassemblez nos forces vers un nouveau jour, chantonna l'Enchanteresse.

Je me sentais revigorée par la présence de Pilly.

— La Fée bleue nous a parlé, dans la lumière des étoiles, sous l'ombre des forêts, elle a demandé de suivre le chemin tracé, de contrer le mal, avec Lola nous serons en sécurité ; chanta l'Enchanteresse.

— La Fée bleue ? M'exclamais-je. Vous l'avez vue ?

— Oui et non, expliqua Pilly. En nous réveillant et en discutant, nous nous sommes aperçus que nous avions fait le même rêve. Je connais son pouvoir et je me suis dit c'est maintenant ou jamais ! La Fée bleue est douce et gentille, mais elle peut se montrer intraitable. Je ne sais pas quel sort elle réserve à Lorelei, mais j'ai préféré obéir.

— Que vous a-t-elle dit ? Dans le rêve ? A-t-elle donné un

indice ?

Pilly se gratta la tête en réfléchissant.

— Humm, non, je ne crois pas. Il était question de te retrouver, puis elle a parlé de la Dame Blanche, qui bascule du mauvais côté.

— Oh, dis-je, un peu déçue.

J'avais espéré que la Fée bleue nous aurait aidés ou indiqué la marche à suivre.

— Bientôt oubliée la Dame Blanche, la baguette volée, brisée, le mal la ronge et la démange, mais dans les mains de l'invitée, le sortilège prendra fin, plus de nuages, le soleil, enfin, chanta à nouveau l'Enchanteresse.

Je me tournais vers elle :

— Répète ce que tu viens de dire !

— Ne l'écoute pas, Théa, dis Pilly, elle est tout le temps en train de chanter, danser, c'est insupportable. Enchanteresse, tais-toi, tu nous empêches d'y voir clair.

— C'est ce que la Fée bleue m'a soufflé, dans un songe de la nuit passée, continua l'Enchanteresse. La baguette est volée, le sortilège levé, l'amour sauvé.

Je la regardai fixement. Soudain, je compris. La Babouchka aussi s'était tournée vers moi.

— Théa..., commença-t-elle.

— Une minute... Vous êtes venues m'aider. La Fée bleue a eu la même idée que moi, ou elle me l'a soufflé aussi.

Pilly me regardait, ahurie :

— On doit voler la baguette ?

— Oh oui, dis-je un sourire aux lèvres, et vous allez m'aider.

— Génial, s'exclama Pilly. Que doit-on faire ?

— Servir d'appât.

Nous repartîmes donc en direction du château en ruine. Pilly traînait les pieds.

— Théa ? Es-tu certaine que ça va fonctionner ?

— Pilly, je te l'ai déjà expliqué, c'est la seule solution.

La Babouchka suivait, silencieuse.

— Quelque chose ne va pas ? Lui demandais-je.

— C'est juste que... la confronter comme ça à sa propre douleur est cruel. Je me dis que nous sommes du côté du bien. Pourtant nous allons faire du mal à une personne.

— Je pense la même chose. Mais si nous arrivons à sauver les autres créatures, alors nous aurons fait quelque chose d'héroïque. Nous ne pouvons plus la sauver. C'est terminé pour elle. Elle ne reviendra pas du bon côté, alors...

— D'accord, très bien.

Puis elle ajouta tout bas :

— Tu es sûre que ces deux énergumènes vont nous être utiles ?

Je jetai un coup d'œil à Pilly qui ramassait des herbes sèches pour en faire un bouquet tout en leur susurrant des mots doux, et vers l'enchanteresse qui tournoyait, le visage levé vers le ciel, les bras écartés.

— Je pense que la naïveté et la folie ne font pas bon ménage, et vont nous aider, en effet. Elles vont déconcerter la Dame Blanche. Nous donner du temps. Et puis, quel autre choix avons-nous ?

Une fois face à la grande étendue d'herbe sèche, notre petit groupe se figea comme une seule et même personne. J'espérais que la Dame Blanche ne nous observait pas d'une de ses fenêtres.

— Allons-y, dis-je, et dépêchons-nous.

Nous traversâmes à pas rapides. J'avais la sensation d'être épiée et la peur oppressait ma poitrine. Voler la baguette, me serinais-je, voler la baguette. Pour être franche, je n'avais pas de plan à proprement parler. Une fois la baguette en ma possession, je n'avais aucune idée de la suite. Partir en courant ? M'en servir contre elle ? Pour en faire quoi ? Je chassais ces pensées de ma tête et me dis que j'improviserai. J'espérais aussi qu'une de mes compagnes aurait une idée lumineuse. Nous arrivâmes rapidement en contrebas. Au-dessus de nos têtes se dressait, menaçant, le château en ruine. Je regardais Pilly et l'Enchanteresse.

— C'est à vous. Faîtes diversion le plus longtemps possible. Je compte sur vous, surtout que je ne sais pas où se trouve la baguette. Vu le peu que j'ai visité du château la dernière fois, je vais devoir m'aventurer partout. Babouchka, tu restes avec moi et tu cherches la baguette avec moi.

Pilly fit un bref signe de tête pour me montrer qu'elle avait compris. Elles commencèrent l'ascension jusqu'au château et nous les suivîmes loin derrière. Une fois en haut, Pilly et l'Enchanteresse s'avancèrent dans la cour pendant que la Babouchka et moi nous cachâmes derrière le mur de l'entrée.

La Dame Blanche se tenait en haut des escaliers, observant d'un œil perçant les nouvelles arrivantes.

— Je crois qu'elle n'a jamais vu autant de monde depuis longtemps, plaisanta la Babouchka.

— Bonjour, dit Pilly d'un air guilleret. Tenez pour vous, je les ai ramassés en venant.

Elle tendit son bouquet fait d'herbes sèches. L'Enchanteresse, pour une fois, s'était figée. Était-ce la froideur du lieu qui était venu à bout de son éternelle joie de vivre ? Elle regardait la Dame Blanche, sans sourire, mais d'un air tranquille.

— Que faites-vous ici ? Siffla la Dame Blanche. D'autres personnes sont venues et ont détruit un des murs de mon château, alors je ne suis pas d'humeur à recevoir qui que ce soit.

— Oui, j'ai appris la nouvelle, dit Pilly. Je voulais m'assurer que vous n'aviez pas été blessée. Et voir aussi si nous pouvions vous aider d'une manière quelconque.

— C'est sûrement cette fille et sa copine emmitouflée de châles qui sont venues se vanter auprès des fées du désastre qu'elles ont causé.

— Oui continua Pilly, c'est ça, elles se vantaient et rigolaient. Elles étaient fières d'avoir pu vous causer du tort. J'ai trouvé que ce n'était pas bien. Je veux dire... Vous avez tellement souffert déjà, elles n'avaient pas à détruire ce qu'il vous reste de plus cher, et à vous attaquer ainsi. C'était cruel de leur part.

— Cruel, en effet.

La Dame Blanche descendit enfin des escaliers et vint se poster face à Pilly et l'Enchanteresse. Elle tendit les mains vers Pilly et s'empara du bouquet.

— Merci pour l'attention. J'aime les herbes sèches, jaunies. Les fleurs en bonne santé me donnent mal à la tête. Trop de couleurs, de parfums, me sont insupportables.

Elle se mit à les toiser de haut en bas, et ne ressentant aucune animosité de leur part, elle leur fit un sourire qui pouvait passer pour un rictus.

— Je sais le temps qu'il vous a fallu pour venir jusqu'ici. Je vais vous offrir quelque chose à boire et ensuite vous partirez. Il vous a fallu faire preuve de courage pour oser m'affronter ainsi. Je ne côtoie plus personne. Les gens se moquent éperdument de ma souffrance et m'évitent autant qu'ils le peuvent. Suivez-moi.

J'attendais qu'elles s'éloignent enfin pour me glisser avec la Babouchka dans la cour. Je me dirigeais vers l'escalier et ouvris la première porte. J'entrais dans une grande salle qui ressemblait à s'y méprendre à celle que j'avais vue la dernière fois. Je m'aperçus qu'il y avait beaucoup de portes et de pièces en enfilade, et que presque toutes donnaient sur la cour. Tant mieux, me dis-je, nous n'aurons pas à sortir sans cesse pour essayer toutes les portes, toutes les pièces communiquent. Je continuais tout droit, tout en jetant un œil autour de moi, la Babouchka toujours sur mes talons.

— Au moins, la fouille sera rapide, dit-elle, il n'y a quasiment rien. Presque pas de meubles, de bibelots...

Elle avait raison. Certaines pièces étaient vides et suaient l'inutilité et l'angoisse. Que pouvait faire la Dame Blanche de ses journées ? À part errer d'un endroit à l'autre ? Dans la dernière pièce, je clignais des yeux, surprise par tant de blancheur. On aurait dit que cette dernière était lumineuse. Ce que j'avais confondu au premier coup d'œil avec de la lumière n'était qu'en fait de longs voilages blancs qui flottaient au gré des courants d'air.

— C'est très étrange, souffla la Babouchka.

— C'est ici qu'elle dort, dis-je en désignant le coin de la pièce où un lit majestueux et blanc lui aussi trônait.

La Babouchka se dirigea vers le lit et se mit à quatre pattes pour inspecter le dessous du lit et le matelas.

— Il n'y a rien ici, Théa.

— Et ça, qu'est-ce que c'est ?

Sur le rebord d'une cheminée était posé un chandelier en bois sculpté et allumé. Je le frôlais du bout des doigts. J'étais incapable de dire si l'objet était laid ou beau, car son pied en bois sombre était très ouvragé, et les motifs se mélangeaient aux racines entrelacées. Je m'en emparais. Il était lourd dans ma main. En le regardant de plus près, je me souvins des paroles de la Babouchka, et de ma première rencontre avec la Dame Blanche. Il s'agissait du chandelier qu'elle tenait dans son poing quand elle nous avait reçus puis enfermés dans le cachot.

— C'est un cadeau du Génie, n'est-ce pas ?

— Oui, dit la Babouchka. Le chandelier pour qu'elle puisse retrouver son chemin dans l'obscurité. Et la baguette. Le fait qu'il soit posé là n'est guère encourageant.

— Comment ça ?

— Et bien, il me semble qu'elle n'ait plus l'envie ou le besoin de retrouver la lueur parmi les ombres. Le chandelier ne lui sert plus à rien désormais, vu qu'elle n'est que ténèbres. Mais regarde la magie du Génie et sa bonté. Le chandelier ne s'est pas éteint. Peut-être y a-t-il encore un espoir...

— Non, Babouchka. Elle a mis le chandelier et sa lueur de côté. Nous ne pouvons plus rien pour elle, elle a fait son choix. Chercher à l'aider serait vain.

La Babouchka ne répondit pas, se bornant à hocher la tête, avant de demander :

— Que faisons-nous maintenant ?

— Je crois que nous allons devoir l'affronter. La baguette doit se trouver avec elle. À portée de main.

— Comment allons-nous procéder ?

— Nous allons créer un effet de surprise. Après, je ne sais pas lui sauter dessus et lui arracher la baguette ?

— Oh, Théa, je ne sais pas, nous ne sommes pas prêtes !

— Je sais Babouchka, mais nous n'avons pas le choix, et je ne compte pas revenir plusieurs fois ici. Il faut que ce soit la dernière, alors autant bien faire les choses. Pilly et l'Enchanteresse sont avec elle en ce moment. J'espère qu'il ne leur est rien arrivé. Il faut que nous soyons prudentes, mais je veux que nous rentrions toutes en un seul morceau et ensemble. Nous n'avons pas le temps d'élaborer un nouveau plan ! Allons-y et improvisons !

— Une minute.

Sous mes yeux ahuris, la Babouchka me prit le chandelier des mains pour le mettre dans une de ses poches intérieures.

— Euh… ?

— Le chandelier est magique, sa flamme l'est aussi. Je ne vais pas finir brûlée. Maintenant, nous pouvons y aller.

Nous descendîmes l'escalier le plus doucement possible, nous nous retrouvâmes dans la cour. Je longeais le mur et m'approchais d'une porte entrouverte, où j'entendais des bruits de voix. Je regardais la Babouchka, et nous entrâmes avec fracas et comme une seule personne dans la pièce où la Dame Blanche avait conduit nos compagnes. J'eus le temps de voir qu'elle savait recevoir. La pièce était une sorte de boudoir, avec des banquettes moelleuses. La porte claqua tandis que nous nous tenions bien droites, les muscles bandés, et prêts à passer à l'attaque. La Dame Blanche nous regardait avec un sourire mauvais sur le visage.

— Encore vous, siffla-t-elle. Ainsi, briser les murs de mon château ne vous a pas suffi ?

— Honnêtement, dis-je avec affront, votre château était déjà dans un état lamentable bien avant notre arrivée.

La Dame Blanche s'était levée d'un coup. Pilly et l'Enchanteresse s'étaient redressées aussi et se tenaient derrière elle. Alors que la Dame Blanche s'avançait vers la Babouchka et moi, menaçante, sa robe blanche flottant derrière elle, j'aperçus la baguette glissée dans sa ceinture. Pilly avait suivi mon regard. Avant que j'aie pu la retenir, elle s'était jetée sur la Dame Blanche et elle lui déroba la baguette. Surprise, cette dernière lui décocha un coup de poing qui renvoya Pilly à moitié assommée sur une banquette. Puis la Dame Blanche se tourna vers l'Enchanteresse et la Babouchka. Je vis avec stupeur l'Enchanteresse prendre la Dame Blanche dans ses bras et la serrer contre elle. La Dame Blanche était incapable de bouger, et se débattait comme un beau diable pour se libérer de l'étau de l'Enchanteresse. Je bondissais vers Pilly, toujours allongée, qui se tenait la tête.

— Pilly, ça va ?

— Oui. Je ne m'y attendais pas, c'est tout.

Je vis qu'elle regardait l'Enchanteresse.

— Je ne sais pas ce qu'elle fait, mais ça a l'air de fonctionner, dis-je.

— C'est la fée de l'amour. Elle est en train de faire remonter à la surface tous ses souvenirs avec le Génie. Elle cherche à lui faire mal, à l'aveugler.

Le regard de la Dame Blanche était vitreux et s'était rempli de larmes. En la regardant aussi désemparée, submergée par la douleur, un doute m'envahit. Et si la Dame Blanche pouvait être sauvée finalement ?

— Oh non, soufflais-je, et je tombais à genoux.

La Babouchka et Pilly me soulevèrent chacune par un bras.

— Allez, Théa, ne nous laisse pas maintenant, me chuchota la Babouchka à l'oreille. Tu l'as dit toi-même, nous ne pouvons plus rien pour elle. Vite, il faut partir !

— Mais l'Enchanteresse ?

En lui jetant un coup d'œil, je la vis toujours étroitement serrée contre la Dame Blanche. Les sourcils froncés, elle fermait les yeux et lui murmurait des paroles inaudibles. En un éclair, sa chevelure devint couleur de neige.

— Regardez ! Qu'est-ce...

— C'est normal Théa, me rassura Pilly. Elle puise dans ses forces, elle veut l'affaiblir au maximum. Tiens, prends la baguette et pars devant avec la Baboucka, je m'en occupe !

Je sentis la main de Pilly qui me glissait la baguette et la Babouchka qui me tirait de toutes ses forces vers la sortie.

— Cours, Théa, cours !

Une fois dehors, nous nous dirigeâmes vers l'entrée de pierre avec toute la force de nos jambes. Nous étions en train de dévaler la pente comme des dératées, quand un cri strident retentit. Je me retournais et vis Pilly soutenir l'Enchanteresse, dont les yeux papillonnaient d'épuisement. Derrière elles, la Dame Blanche hurlait jusqu'à éclater ses poumons. Elle nous avait suivis, mais la douleur, les souvenirs ravivés l'empêchaient de bouger. À genoux sur le sol, elle hurlait, pleurait, criait. Ce spectacle me désola. Encore une fois, je m'imaginais à sa place. Je pourrais finir ainsi, pensais-je, je vais finir comme ça ! J'étais brisée, les larmes coulaient sur mes joues sans que je puisse les arrêter.

— Cours, Théa, cours !

La tristesse m'envahit. Bientôt, elle s'envola, car la Babouchka me poussait en avant, me criant sans cesse de courir plus vite, toujours plus vite. Nous glissâmes dans la pente et traversâmes l'étendue d'herbe sans reprendre notre souffle. J'avais un point de côté, mes poumons me brûlaient, mais je tins bon. Au loin, j'aperçus deux lueurs blanches. Au fur et à mesure de notre course, je reconnus Sidonie et Calypso, qui encore une fois, étaient venues à notre secours.

Une fois arrivée devant elles, Sidonie ne prit pas le temps de nous saluer, elle donna deux coups de bec sur Pilly et l'Enchanteresse, qu'elle jeta sur son dos, alors que je grimpais sur Calypso, la Babouchka derrière moi. Sidonie avait déjà pris son envol. Je lançais Calypso au galop, la Babouchka fermement accrochée à ma taille. Alors que la licorne se jetait dans l'ombre sécurisante de la forêt, j'entendais encore résonner à mes oreilles les cris de la Dame Blanche et le mal que nous lui avions fait. Ma main tenait encore la baguette. Je la glissais à ma taille, songeant à tout ce qu'il nous avait fallu endurer pour l'obtenir.

10
La trêve

Nous allions tellement vite que je n'arrivais plus à distinguer les arbres. La forêt était devenue une masser verte et floue. Je ralentis une fois devant la chaumière de la Babouchka. Je sentis qu'elle serrait ma taille un peu plus fort.

— Ma maison, dit-elle avec émotion.

— Je sais Babouchka, mais je ne peux te ramener ici, te laisser seule. Tu seras plus en sécurité avec nous toutes, surtout si la Dame Blanche décide de nous rendre visite.

— Oui, j'en suis consciente. Disons que j'aimerais franchir cette porte, retrouver ma vie d'avant, oublier ce cauchemar...

— Ça viendra, c'est promis. Dans quelque temps, j'aurais libéré votre monde et vous pourrez vivre en paix, comme autrefois.

— « Votre » monde, Théa ? Tu es chez toi ici, tu le sais ?

— Merci Babouchka, mais je ne peux rester ici, il faudra bien que je pense à rentrer.

— Théa, tu es chez toi. Tu errais dans la forêt, seule, perdue ! Il n'y a pas d'autre endroit que celui-ci.

Je ne répondis pas, relançais Calypso au galop pour rattraper les autres et arriver en sûreté près de l'étang. Je songeais à ces drôles de paroles. Peut-être que ma réalité, celle que je connaissais qui m'était tellement familière était erronée. Peut-être que la vraie vie était ici. Les fées m'avaient accepté comme l'une d'entre elles sans poser de question. Et puis ce terme étrange : « tu errais dans la forêt ». Chaque personne ici me l'avait répété. Pourtant, la douleur que je ressentais, mon chagrin d'amour, venait de mon monde sans aucun doute. Ici, mon cœur n'avait pas été brisé. Au contraire, depuis mon arrivée, il palpitait au rythme des aventures, des galops, des rencontres auprès de créatures fabuleuses. Le chagrin était là, sous-jacent, et je savais que si j'avais trop de temps pour temps, il ressurgirait. Pour l'instant, il n'était qu'une plainte sourde parmi d'autres priorités. J'allais rendre un chez-soi harmonieux à la Babouchka, un étang ensoleillé à la paresseuse Lorelei, et une forêt enchantée à Pilly. Je voulais le retour de leur Génie, et écrire une fin pour la Vouivre. La Vouivre. La solution s'imposa à moi. La Vouivre était une personne ayant un cœur, des sentiments. Enfermée dans sa grotte, elle avait délié les langues. Et son histoire qui devait être était devenue légende. Les autres créatures de ce monde avaient parlé en son nom, noircissent la vérité, l'avaient condamné sans prendre la peine de réellement l'écouter. Pourtant, chacun d'entre nous se doit d'avoir une histoire avec un début, un déroulement et une fin. La Vouivre le méritait, comme nous tous. C'est moi qui allais l'aider à écrire sa propre conclusion.

Forte de cette idée, je déposai la Babouchka à l'étang. Sidonie avait repris son apparence humaine et se tenait à côté de Pilly et de l'Enchanteresse. Je m'enquis de l'état de cette dernière :

— Elle a subi un gros bouleversement, m'expliqua Pilly. Elle ne s'attendait pas à fournir de tels efforts. Mais elle va bien. Ses cheveux resteront blancs. Elle s'y habituera, puis ça lui va plutôt bien !

Je hochais la tête, rassurée. Je n'étais toujours pas descendu de cheval. J'inspectai la licorne. La course effrénée à travers la forêt ne l'avait pas épuisée autant que je le craignais. Il me restait deux voyages à faire, et je savais que je pouvais avoir confiance en sa force.

— Pilly, dis-je, je dois repartir. J'ai quelqu'un à aller voir.

— Non, Théa, tu dois rester avec nous, tu as besoin de repos. Nous devons réfléchir à un plan !

— Pilly, écoute-moi, j'ai besoin que tu me fasses confiance, d'accord ? Laisse-moi partir, je reviens vite. Du moins, je l'espère, marmonnais-je entre mes dents.

— Attends, laisse-moi t'accompagner !

— Pilly, reste avec les autres, je reviens.

Je les quittai encore une fois. De la main, j'effleurai la baguette toujours accrochée à ma taille. Pourvu que ça marche, me dis-je, pourvu qu'il reste un espoir ! Je lançais Calypso au galop vers la caverne, vers la Vouivre.

Une fois devant l'entrée, je laissais Calypso et entrai. Mes yeux durent s'accoutumer à l'obscurité après le soleil éclatant de dehors.

— Tiens, tiens, tiens, décidément...

— Je suis venue vous libérer. J'ai besoin de vous.

— Étrange, les gens n'ont pas besoin de mes services, d'habitude. Ils préfèrent passer leur chemin.

— S'il vous plaît, c'est à propos de la Dame Blanche.

— Chacune chez soi, chacune ses problèmes. Voilà où m'a conduit ma sœur ! Comment oses-tu me demander de l'aider ?

— Ce n'est pas pour elle, je vous assure, mais contre elle ! C'est vous la victime, et elle le tyran. Il faut que la vérité voie le jour. Elle nous a enfermés dans un cachot, enfin bref, ce serait trop long à raconter. Je dois vous libérer, et je le ferai, mais je dois vous faire confiance, car si mon plan marche, vous pourrez goûter au bonheur vous aussi ! Vous ne pouvez pas rester ici pour toujours !

— Oh ! Et tu penses que tu as le pouvoir de me faire sortir, petite fille ? Que tes arguments sont si convaincants que j'ai une envie furieuse de me plier à tes règles ?

— Mes règles, non, mais peut-être obéirez-vous à ceci.

Je brandis la baguette. La Vouivre s'était avancée, avait posé ses coudes sur le rebord de la fontaine.

— Comment as-tu pu...

— Je suis maligne, et je vous l'ai dit, j'ai un plan. Dois-je m'en aller ou êtes-vous disposée à m'écouter ?

— Il s'agit réellement de sa baguette ?

— Oui, elle-même, et j'ai risqué la vie des fées et la mienne, pour la récupérer. Acceptez-vous de m'aider ?

— Je me suis trompée sur toi, Théa. Je suis impressionnée. Si tu commençais par me détailler ton plan ?

C'est ce que je fis. Quelques minutes plus tard, la Vouivre était convaincue.

— De toute façon, si tu essaies de me duper, je me vengerai ! Il sera trop tard pour revenir en arrière, vu que tu m'auras libéré.

— Ne vous fatiguez pas à répéter, je connais la chanson, dis-je, sarcastique. Mon plan va fonctionner, je ne vais pas changer d'avis ni vous trahir. Je tiens toujours mes promesses.

— Et puis, tu ne voudrais pas devenir moi, ajouta-t-elle.

Je fus surprise de la douceur de sa voix.

— Ce n'est pas ce que j'ai voulu dire, expliquais-je. Disons que j'aimerais réparer. Je ne conçois pas de ramener la paix dans ce monde en vous laissant de côté. Tout le monde a droit au bonheur. Surtout vous. Vous êtes enfermée dans votre désespoir depuis trop longtemps. Cela suffit, ça doit s'arrêter.

La Vouivre hocha la tête.

— Très bien, jeune fille. Que dois-je faire ?

— Ne bougez pas.

Je tendis la baguette en avant et la dirigeai vers la queue de serpent de la Vouivre. « Donne-lui des jambes, pensais-je de toutes mes forces, il faut qu'elle ait des jambes à nouveau ». Une lueur dorée fit étinceler la caverne. La Vouivre fut entourée d'un halo de lumière. Quelques secondes plus tard, elle enjamba le muret de la fontaine et se tient bien droite sur deux jambes devant moi. La queue de serpent s'était transformée en une longue robe avec des écailles dans les tons de vert, qui moulait son corps parfait.

— Comment suis-je ? S'enquit-elle.

— Extraordinaire !

Et pour la première fois, elle me décocha un vrai sourire. Même ses yeux brillaient.

— Attendez-moi, je vais déverrouiller l'entrée.

Je sortis et fis une sorte de croix avec la baguette devant la porte. Il y eut une brise légère qui se leva, un gros bruit, comme une serrure qui s'ouvre, et la Vouivre, désormais libérée, put s'avancer vers le soleil.

— Théa, tu as réussi !

Elle quittait enfin sa caverne, et pouvait jouir du dehors, qu'elle n'avait pas vu depuis des années.

— Bon, c'était la partie la plus facile du plan. Il faut maintenant voir les fées et les convaincre.

— Et elles vont m'accueillir à bras ouverts, ironisa-t-elle.

Je ne répondis pas et je l'aidais à se mettre en selle sur Calypso. Assise devant elle, je repris encore une fois la route de l'étang.

Lorelei était étendue au bord de l'eau et se réchauffait dans un rayon de soleil. La Baouchka était assise près d'elle, les pieds dans l'eau, et se tenait la tête entre les mains. L'Enchanteresse avait retrouvé sa force et cueillait des fleurs qu'elle confectionnait en couronne et tentait d'en coiffer Pilly, qui marchait de long en large, tout en tempêtant.

— Laisse-moi, je te dis, je ne veux pas de couronne ! Où est allé notre Théa ? Il faut que nous la retrouvions et vite avant que...

— Rebonjour ! M'écriais-je, je vous amène de la compagnie.

Je n'eus pas besoin d'annoncer la nouvelle venue que Pilly ouvrait déjà des yeux ronds.

— ... Avant qu'elle ne fasse une bêtise ! Continua Pilly. Qu'est-ce que je vous disais ? On la laisse toute seule et elle tombe entre de mauvaises mains. Que viens-tu faire ici ? Lança-t-elle à la Vouivre.

— Mesdames, enchantée de vous revoir.

Je descendis de Calypso, et aidais la Vouivre à faire de même.

— Toi ? Ici ? Théa, écarte-toi !

La Babouchka s'était levée et s'approcha de moi. Elle me prit par le bras et me ramena près d'elle.

— Merci pour votre accueil, mesdames, susurra la Vouivre. Comme vous pouvez le constater, c'est Théa qui m'a si gentiment invité.

— Quels mensonges as-tu encore inventés pour Théa te fasse sortir ? Siffla Pilly. D'ailleurs, ajouta-t-elle à mon intention, comment as-tu pu ?

Je sortis la baguette et lui tendis :

— Grâce à ceci.

Pilly fixait la baguette, interdite. Même l'Enchanteresse s'était figée. Lorelei se contentait de suivre la scène les yeux inexpressifs, le menton posé sur sa main.

— Théa, dit la Babouchka. Tu as réussi à te servir de la baguette ?

— Oui, expliquais-je, je n'étais sûre qu'elle fonctionnerait avec moi, mais j'ai seulement pensé que j'en étais capable, et la magie a opéré. Incroyable.

— Merci en tout cas, me dit la Vouivre avec un clin d'œil.

— Stop, dit Pilly, revenons à l'essentiel. Pourquoi l'as-tu délivré ? N'as-tu pas une once de conscience ? Sais-tu de quoi elle est capable ?

— Oui, et avant que vous ne commenciez à la juger, elle ne m'a pas manipulé. La Fée bleue m'a aidé, inspiré, plutôt.

— Le rêve que tu as fait au Val des Nymphes ? Demanda la Babouchka.

— Exact. Je lui fais confiance. Je sais aussi que la Vouivre a une dette envers moi désormais, et qu'elle ne vous fera pas de mal. Elle est la clé en quelque sorte. Nous avons besoin d'elle. Je ne vous demande pas de l'aimer, je sais que trop d'années ont passé et que votre haine réciproque ne s'en ira pas d'un claquement de doigts. Je vous demande juste de me croire, de me suivre, d'être à mes côtés. S'il vous plaît.

Les fées se regardaient entre elles, indécises.

— Théa a un plan. Un très bon plan. Je sais ce que je représente pour vous, dit la Vouivre. Je sais ce que je vous ai fait endurer, et j'en suis désolée, même si c'est certainement trop tard pour vous le dire. Laissez-moi me racheter. Laissez-moi vous aider à faire renaître le monde que l'on a connu, l'univers que l'on aimait où chacun se respectait.

Les fées se concertaient toujours en silence. Puis je vis la Babouchka qui faire un signe de tête.

— Très bien, déclara-t-elle, nous acceptons tes excuses. Prouve-nous que tu peux devenir quelqu'un de bien, et nous te pardonnerons entièrement.

— Je ne vous décevrais pas, promit la Vouivre.

— Et maintenant, Théa, raconte-nous ton rêve, dit Pilly.

— Ce serait trop long à vous expliquer. Mais une phrase est inscrite dans ma mémoire. C'est toi, d'ailleurs, Babouchka qui me l'a dit, lors de notre première rencontre.

— Nous nous sommes dit beaucoup de choses ce jour-là. Je t'ai raconté notre histoire, nos malheurs, l'espoir que les autres créatures avaient mis en toi. Mais je ne vois toujours pas...

— « Que le moindre souffle de vie ne puisse plus franchir ses lèvres », citais-je.

Pilly fronçait les sourcils.

— Attends un peu...

Pilly faisait les cent pas.

— Le moindre souffle de vie... Théa, tu insinues que nous devons tuer la Dame Blanche ?

La Babouchka pointa le doigt sur la Vouivre :

— Non Pilly, c'est la Vouivre qui va se charger de la sale besogne ! C'est honteux, tuer sa propre sœur !

La situation s'envenimait. Pilly et la Babouchka, les traits déformés par la colère, incriminaient et insultaient la Vouivre, qui à ma grande surprise, ne bronchait pas, ne cherchait même pas à se défendre.

— Ça suffit ! M'écriais-je. Personne ne va tuer qui que ce soit. J'ai justement trouvé la solution permettant de contourner le problème.

Au fur et à mesure que je leur exposai mon idée, je sentais la haine descendre d'un cran. Pilly me regardait, ahurie. Je ne saurais dire si elle me trouvait complètement absurde ou alors dangereuse. Ce que je voyais dans ses yeux, c'était l'effluve du désastre.

11
Le pouvoir de la pierre et le secret du lac

J'avais les jambes fourbues. Pas de repos, de vrai repas, j'étais sans cesse dans l'urgence. Nous avions blessé la Dame Blanche, et il fallait faire vite, ne pas lui laisser le temps de riposter. Comme le l'expliqua la Babouchka, nous ne craignions rien. Seule dans son château, à qui aurait-elle pu demander de l'aide ? Ses principales armes, la baguette et le chandelier étaient en notre possession désormais. Même privée de magie, elle restait un risque à ne pas négliger. Je savais que la Babouchka avait raison, mais j'avais ce poids sur la poitrine qui ne s'en irait qu'une fois ce monde débarrassé de la Dame Blanche à jamais. Je remontais à nouveau sur Calypso, la Vouivre derrière moi. La Babouchka avait retrouvé sa mule, et avait fière allure sur son dos. Sidonie s'était à nouveau changée en cygne gracieux et faisait office de monture pour Pilly et l'Enchanteresse. Je menais la tête de notre petit groupe, le chandelier brûlant d'un feu éternel d'une main, la baguette glissée à ma ceinture. Parée ainsi, j'étais prête à tout affronter. Nous partîmes d'un pas rapide vers le château en ruine. Je profitai de l'air sur ma peau, de m'enfoncer dans la forêt, et j'espérais ne pas amener mes compagnes dans un piège. La nature nous enveloppait, et le silence se faisait de plus en plus pesant. Aucune de nous n'avait l'envie de discuter. Pilly commença à babiller, mais se tut bien vite. Elle commençait à comprendre la dangerosité de notre mission, et disait aurevoir à sa chère forêt à sa manière. Même l'Enchanteresse ne chantait pas. Perchée sur Sidonie qui volait à notre hauteur, elle se tenait droite et fixait l'horizon, un air grave sur le visage. Chacune savait où mènerait notre quête. En finir avec la Dame Blanche. Bien qu'elle soit mauvaise, personne, et surtout pas moi n'avions envie de faire taire à jamais un de nos semblables. J'en frissonnai rien que d'y penser.

Trop vite à mon goût nous arrivâmes devant l'étendue d'herbes sèches. Je portais mon regard vers le château en ruine. De gros nuages noirs s'étaient accumulés au-dessus.

En silence toujours, nous parcourûmes la dernière ligne droite vers le château. L'air était lourd, et l'herbe craquait sous les sabots de Calypso. Je ne descendis pas de la licorne pour gravir la pente. Sans effort, Calypso entama la montée. Je vis la mule faire de même, encouragée par la Babouchka.

Devant l'entrée du château, je regardais les fées. Derrière moi, la Vouivre respirait plus fort. Chacune était concentrée. Je glissais la baguette à la Vouivre, qui s'en empara d'une main ferme. Sa volonté était plus forte que sa peur. En haut des escaliers toujours, la Dame Blanche nous observait, tellement pâle qu'elle en était presque transparente. Mon avenir n'existait plus. Seul comptait ce moment, cette silhouette qui nous fixait du regard et qui ricanait. Je serai plus fort le chandelier. J'avais les mains moites. La Vouivre descendit de cheval et s'avança vers sa sœur. La Dame Blanche parut surprise, puis se ressaisit.

— Si je m'attendais à ta venue, dit-elle. Je vois que tu as de drôles de fréquentations.

— Je constate aussi combien tu as changé. Qu'est devenue la sœur que j'aimais ? Comment as-tu pu basculer ainsi dans le mal ?

— Le mal ? C'est toi qui es à l'origine de toute cette haine, de ces pertes. Il a suffi que tu tombes amoureuse du premier venu pour que notre univers devienne un cauchemar !

— L'amour est ma seule raison d'être. C'est grâce à lui que j'ai supporté toutes ces années.

— C'est la colère qui t'a retenu éveillé tout ce temps, ricana la Dame Blanche, tu ruminais ta vengeance, félicitations ! Tu as réussi à passer outre mon sort.

— Je le croyais aussi. Puis j'ai rencontré Théa. Au début, je l'ai détesté. Pleine d'espoir, de joie de vivre, ça me rendait malade. Quand elle est venue me délivrer, j'ai compris. Oui, j'ai été en colère, oui j'ai eu du chagrin. Mais il me restait de l'espoir. Une minuscule petite lueur au fond de moi. Je ne suis pas là pour me venger, mais pour réécrire l'histoire. Notre histoire. Veux-tu la recommencer à mes côtés ?

La Dame Blanche descendit de l'escalier, les yeux baissés. Elle s'avança vers sa sœur, et un sourire éclaira son visage.

— Ma chère sœur, susurra-t-elle en la serrant contre elle, je ne saurais dire combien ces retrouvailles me touchent. En ce qui concerne l'avenir, j'ai déjà une vague idée de comment le recommencer, en mieux cette fois.

J'aperçus un éclat dans une de ses mains. Je plissais les yeux et me rendis compte qu'il s'agissait d'une lame.

— Non ! M'écriais-je.

Et je lançais Calypso sur les deux sœurs pour les séparer. J'arrivais juste à temps pour me mettre entre elles, et la Dame Blanche recula, un poignard à la main. Elle trébucha, repris son équilibre et s'enfuit en direction du lac asséché.

— Non, murmura la Vouivre.

La baguette en main, elle la poursuivit. J'allais les suivre, quand Pilly m'arrêta :

— Non Théa, ce n'est pas ton combat.

— Mais, la Vouivre... S'il lui arrivait quelque chose...

— Il ne lui arrivera rien, m'assura la Babouchka. Elle est plus forte que sa sœur. Nous irons l'aider plus tard. En attendant, nous avons une mission à accomplir.

Je hochais la tête et relevai le chandelier. Toujours juchée sur Calypso, je montais l'escalier. Le chandelier à la main, je commençais par brûler la chambre de la Dame Blanche. Les voilages blancs, si fins, furent bientôt léchés par les flammes. Je continuais ainsi, dans chaque pièce. Enfin, je retournai auprès des autres fées, toujours postées dans la cour du château. Une épaisse fumée se mêlait à la brume, et bientôt, des flammes s'élevèrent, plus hautes que le château.

— Mission accomplie, dit Pilly. Allons aider la Vouivre.

Les deux sœurs étaient postées l'une en face de l'autre, dans l'étendue d'herbe. La Vouivre tenait toujours la baguette à la main. Nous les rejoignîmes, tout en restant à distance.

— Ainsi, il n'y a pas de retour possible, dit la Vouivre.

— J'ai voulu un autre recommencement, mais ton amie m'en a empêché, dit la Dame Blanche avec un signe de tête dans ma direction.

— Elle a bien fait. Depuis quand veux-tu ma mort ? Tu n'étais pas heureuse de me retrouver, tu voulais seulement te débarrasser de moi.

— Tu oses me donner des leçons ? Regarde-toi avec ma baguette ! Que comptes-tu faire ?

— Recommencer. Mais d'une autre manière que la tienne ! Je te plains d'être aussi perclus de haine.

— Chère sœur, sans haine, je me sentirais bien seule.

— Mais tu l'es. Tu es seule, depuis des années. Les fées

m'ont aidé et donné une seconde chance. Je vais la saisir, et si cela doit conduire à ta perte, tant pis, tu es trop loin du droit chemin désormais. Je t'aime, je t'ai aimé, mais tu es seulement le fantôme de la sœur que j'ai connue. Je ne reconnais pas cette personne en face de moi. Alors adieu.

Et d'un geste, elle dirigea la baguette vers la Dame Blanche. Je vis cette dernière écarquiller les yeux et ouvrir la bouche dans un cri muet. Le bras tendu, la Vouivre regardait la baguette transformer sa sœur en statue de pierre. Les larmes coulaient sur ses joues. La Dame Blanche disparut. En face de nous se dressait désormais une statue, les traits figés par la surprise, les bras légèrement écartés.

— « Jusqu'à ce que le moindre souffle de vie ne puisse plus franchir ses lèvres », dit la Vouivre.

Elle abaissa la baguette et tomba à genoux dans l'herbe.

— J'ai tué ma sœur.

— Non, dis-je, vous l'avez juste transformé, et pour une bonne cause.

Je descendis de Calypso et m'agenouillait près d'elle.

— Elle existe, mais sous une autre forme. Une forme de vie où elle ne peut plus faire de mal à personne. C'était un sacrifice nécessaire.

Il faudrait du temps pour que la Vouivre accepte cette idée. J'avais confiance en elle. Elle me paraissait vulnérable, fragile tout à coup. La créature de la fontaine avait disparu. Le reste de sa colère avait fondu en même temps que sa sœur. Il y eut comme un bruit d'explosion venant du château. Je me retournais d'un coup et vit une forme noire en émerger et voler vers nous. Avant que j'aie pu faire quoique ce soit, la forme s'était posée à nos pieds. Je reconnus le Phénix de la Vouivre, le même que Sidonie avait pourchassé alors qu'il nous espionnait. L'oiseau était littéralement carbonisé. Il était en train de mourir.

— Je suis navrée, dis-je, si j'avais su qu'il était là-bas...

— Ce n'est rien, dit la Vouivre.

Je fus surprise de voir qu'elle souriait.

— C'est un Phénix, m'expliqua-t-elle. Il renaît de ses cendres encore plus beau, plus éclatant qu'avant. Je crois qu'il n'y a pas de meilleur présage.

Je souriais à mon tour. La Dame Blanche était vaincue, un symbole de renaissance venait de tomber à nos pieds, et Pilly posa son bras sur mes épaules.

— On en a de la chance, me dit-elle à l'oreille.

La Banouchka regardait l'oiseau d'un air enchanteur. Alors que nous étions accroupies par terre près du Phénix attendant qu'il revienne à la vie, un bruit de galop se rapprocha de nous. Je vis Calypso, qui avait pris son élan, galoper à toute vitesse vers nous. D'un bond, elle vola au-dessus de nous et se jeta sur la statue de toutes ses forces. Cette dernière chancela dangereusement, puis tomba et se brisa en mille morceaux. Quelques secondes après, de l'eau jaillit de chaque morceau de roche éparpillé par Calypso.

— Le lac ! S'écria Pilly. L'enchantement est levé !

Un bruit énorme nous informa que le château s'était effondré. L'eau commençait par recouvrir l'herbe sèche.

— Vite, dit la Babouchka, allons nous mettre au bord avant de finir noyées !

La Vouivre s'empara du Phénix avec délicatesse et nous partîmes vers le bord où nous assistâmes à la renaissance du lac, que la Dame Blanche avait asséché autrefois.

— Je ne lui ai pas demandé où elle avait enfermé le Génie, dit la Vouivre. Comment le retrouver désormais ?

— Nous y arriverons, je vous le promets, le Génie reviendra, dis-je.

— Regardez ! S'écria Pilly.

Du doigt, elle nous montrait l'endroit où s'était tenu le château auparavant. La pente pour y accéder changeait de forme. L'herbe commençait à disparaître, laissant voir une brèche, qui grandit de plus en plus, et se transforma bientôt en une cavité sombre où l'eau du lac commençait à s'infiltrer. Bientôt, il y eut des papiers flottant sur l'eau, et différents objets.

— Ne me dîtes pas que c'est ce que nous cherchons... murmurais-je.

— Le Génie ! S'exclama Pilly. C'est la grotte du Génie ! Quand la Vouivre a vaincu sa sœur, l'enchantement s'est rompu libérant ainsi le Génie, c'est bien lui !

Elle ne tenait plus en place, sautillant, et avant que j'aie pu la retenir, elle s'était jetée à l'eau pour tenter de récupérer les coupelles, les fioles, et les papiers qui ondulaient sur l'eau. Je regardais la grotte avec attention. Je ne voyais pas la trace du fameux Génie. S'il était encore en vie, et vraiment enfermé là-dedans, n'aurait-il pas dû être déjà sorti ? Avant que j'aie tenté de raisonner Pilly et les autres, une lueur me coupa dans mon élan. Une minuscule lueur qui grandissait petit à petit. Bientôt, la lumière fut tellement éblouissante qu'elle envahit toute la caverne et se mit à irradier sur le lac.

12
Une cérémonie dans les bois

La Vouivre s'avança vers la lueur. La lumière disparut, laissant place à une silhouette qui se tourna vers nous. Grand, mince, les cheveux longs, il clignait des yeux qui n'étaient plus habitués au jour depuis des années. Il posa ses mains à plat à la surface de l'eau. Il se mit à rire, puis s'étira. Il nous jeta un rapide coup d'œil, nous sourit, puis il se concentra sur la Vouivre. Il se figea, éberlué par sa présence. Alors, il se mit à courir vers elle, la prit dans ses bras et la fit tournoyer dans les airs. J'essuyais une larme discrète et vis avec amusement mes compagnes faire de même.

— Je dois être mort pour contempler pareille beauté.

— Non, tu es en vie, et l'éternité nous appartient. La Dame Blanche n'est plus, nous sommes libres de nous aimer. Comme avant.

Le Génie prit la tête de la Vouivre entre ses mains et l'embrassa. Elle rougit, baissa les yeux et glissant une main autour de la taille du Génie, ils nous rejoignirent.

— Mesdames, merci, je vous ai fait souffrir, et je ne mérite pas un tel bonheur. J'essaierai chaque jour de faire en sorte d'être à vos côtés, de vous soutenir. Vous m'avez rendu ce que j'avais de plus cher au monde, et à jamais, je serai votre obligée.

La Babouchka, Pilly, l'Enchanteresse et Sidonie se jetèrent sur elle pour l'embrasser et la serrer contre elles. Il y eut des rires, des pleurs, des exclamations de joie. Pendant un long moment, nous restâmes sur la rive à discuter, à envisager l'avenir. Le Génie se pencha vers moi pour me remercier. J'étais intimidée par sa prestance. Une aura pleine de bonté émanait de lui. Je comprenais que les fées se soient presque laissées mourir sans lui. Il représentait ce monde, la force, la beauté. Ses yeux verts cherchèrent les miens et il parla :

— Théa, je suis reconnaissant de tout ce que tu as fait. Tu as motivé les fées, tu les as envoyées à ma recherche. Sans toi, je serai encore au fond de la grotte à me morfondre. Tu as su dépasser les jugements et offert une seconde chance à la Vouivre. Tu as cru à l'amour, tu as gardé espoir.

— Je... merci, bredouillais-je, mais la Fée bleue m'a beaucoup aidé, c'est elle qui a su me guider sur le bon chemin.

— Ne sois pas si sévère envers toi-même. La Fée bleue t'a peut-être inspirée, mais c'est toi qui étais sur Calypso à guider les fées. Toi seule es allée affronter la Vouivre, et ce, par trois fois. Alors merci.

Et sur ces paroles, il s'inclina. Les fées firent de même. Je me mis à rougir et je baissais les yeux. La Vouivre se releva et me serra fort contre son cœur.

— Merci, Théa, merci d'avoir cru en moi. Personne ne l'avait fait avant toi. Tu peux être fière de ce que tu as accompli.

Je me contentais de la serrer encore plus fort.

— Il est temps de réveiller ce vieux royaume, dit le Génie. Je le trouve un peu desséché, non ?

Il leva les mains, et bientôt, de l'herbe verte et douce remplaça les brins jaunis et morts qui couraient autour du lac. Des fleurs de toutes les couleurs se mirent à éclore, les oiseaux chantèrent, et ce qu'il restait du château en ruine disparut pour laisser place à une colline verdoyante. Même les arbres se firent plus fort, plus vigoureux. Plus vertes les feuilles, et plus lourdes les branches sous les fruits qu'elles portaient.

Le Génia nous convia dans sa grotte et nous improvisâmes une petite fête. La Fée bleue vint nous rejoindre et s'écria :

— Je le savais Théa, que tu trouverais la solution !

Calypso, la mule, et le Phénix étaient présents. Un bruit venant du lac nous interrompit. Je vis avec surprise Lorelei nager vers nous. Elle regardait le Génie bouche bée. L'Enchanteresse l'aida à monter sur la rive et l'amena devant lui. Elle lui fit une profonde révérence avant de le serrer dans ses bras. Ensuite, elle replongea dans l'eau où elle se mit à faire des plongeons et nous éclaboussa copieusement.

— L'étang et le lac communiquent, m'expliqua Pilly. Il y a une sorte de tunnel au fond de l'étang. Elle a dû voir qu'il n'était plus condamné et a tenté de nous rejoindre.

Le soleil se coucha, les étoiles brillèrent, mais nous restâmes ensemble. Maintes fois, je dus raconter mes rencontres avec les différentes créatures, et aidé de la Babouchka et de Pilly, je narrai au Génie nos aventures.

— Voici une histoire qui va figurer dans le Grimoire, c'est certain, dit-il.

J'étais fière d'avoir laissé une empreinte dans le monde. Peu avant le lever du jour, je rentrais avec les fées au cœur de la forêt. Allongée entre deux racines sur un tapis de feuilles moelleuses, je ne tardais pas à m'endormir. Un sommeil sans rêves, cette fois-ci.

Le mariage du Génie et de la Vouivre fut célébré deux jours plus tard. La cérémonie eut lieu au bord de l'étang, dans la forêt.

Pilly avait accroché des lanternes aux arbres, l'Enchanteresse avait confectionné des bouquets de fleurs qu'elle avait disposés avec un œil très sûr. Je vis une file de lutins passer devant moi, des tonneaux posés sur leurs épaules.

— La bière lutine ! Un régal ! S'écria le Génie. Rafraîchissante et tellement exquise ! Jamais de la vie tes lèvres n'ont goûté un tel breuvage !

Il était fin prêt pour le mariage et dirigeai les dernières opérations avant l'arrivée de la Vouivre. Il était magnifique. Les cheveux tirés en arrière, une couronne de feuilles sur la tête posée sur la tête, une ceinture ouvragée lui ceignait sa taille mince. Debout devant l'étang, il attendait sa bien-aimée tout en discutant avec la Fée bleue, qui officiait la cérémonie.

Je me dépêchais de courir à la chaumière de la Babouchka, où la Vouivre finissait de se préparer. La Babouchka se comportait avec elle comme une mère. Quand je franchis la porte, elle était en train de lui tresser les cheveux, tandis que Pilly finissait de la maquiller.

— Magnifique ! M'écriais-je.

Et c'était vrai. La Vouivre s'était métamorphosée. Il n'y avait plus de rancœur ou de colère en elle. Elle avait trouvé sa place dans le monde, aux côtés de son génie. Enfin, elle avait changé son histoire, et avait hâte d'entamer un nouveau chapitre avec le Génie.

— Merci, Théa, tu es superbe aussi.

Je contemplais ma robe vert pâle, et replaçais ma couronne de fleurs jaunes sur ma tête. La Vouivre m'avait fait l'honneur d'être le seul et unique témoin de leur mariage. Un rôle que je prenais très à cœur. Je portais une pochette en cuir fabriquée par Pilly où se trouvait la cordelette que la Fée bleue déposerait sur les mains unies de la Vouivre et du Génie, les liant pour l'éternité.

La Babouchka déposa des fleurs de jasmin dans la tresse de la future mariée. Puis elle se dirigea vers un tiroir et en sortit un coffret qu'elle déposa devant nous. Elle l'ouvrit délicatement et nous vîmes une bague en argent sertie d'une pierre d'ambre.

— Je te l'offre, dit la Babouchka. Pour ton mariage. Elle m'a apporté beaucoup de bonheur et je n'en ai plus besoin désormais. Tiens portes là et prends en soin !

— Babouchka, c'est un geste plus que généreux. Je vous remercie, mais gardez-là, je vous en prie, je me sens gênée d'être couverte de cadeaux après tout ce que nous avons vécu par le passé.

La Babouchka s'agenouilla devant la Vouivre et prit ses mains entre les siennes :

— Je n'étais pas contente de te revoir, de te savoir libérée, c'est vrai. Mais j'ai dit que si tu nous prouvais que tu avais changé, tu aurais droit à notre pardon. Cette bague est une manière de tirer un trait définitif sur le passé. Porte-là, j'en serais honorée. Il serait dommage qu'elle continue de prendre la poussière dans un tiroir !

Les larmes aux yeux, la Vouivre glissa la bague à son doigt. Puis la Babouchka et elle s'enlacèrent et restèrent un moment ainsi. Pilly rompit le charme en s'exclamant :

— Nous avons un mariage à célébrer, alors dehors et vite, que le Génie nous attend !

— Des années, dis-je, et enfin le bonheur. Vous aviez su que c'était le bon, dès le début ? Demandais-je à la Vouivre, sur le chemin qui menait à l'étang.

— Oui, c'est pour ça que j'étais en colère. Je n'arrêtais pas de me dire que nous étions faits l'un pour l'autre. Alors, l'attente. Et puis aujourd'hui, je suis comblée.

— Oui, mais attendre des années ?

— Quand on aime, Théa, le temps ne compte plus. Les secondes, les minutes, les jours disparaissent. Nous sommes seuls en tête à tête avec notre cœur, nos sentiments. Même la raison arrête d'exister. Quand on tombe amoureux, il n'y a plus de temps, seule l'éternité compte.

J'en restais sans voix. C'était tellement magnifique, pur !

— Et puis, ajouta la Vouivre, ça n'aurait pas valu la peine si ça n'avait pas été lui.

— Je comprends, dis-je avec un sourire.

Ce fut une journée parfaite. Je profitai de chaque moment pour en graver à jamais les détails dans ma mémoire. Je ne saurais dire lequel était mon préféré : la Vouivre qui s'avance vers l'amour de sa vie, mettant fin à des années de souffrance ? La Fée bleue nouant la cordelette autour de leurs poignets, invitant le Génie à embrasser la mariée et les hourras et les applaudissements qui vinrent ensuite ? Ou, quand je m'emparais d'une plume trempée dans l'encre et signait des papiers comme témoin, mettant encore une fois mon empreinte dans ce monde que j'avais aidé ? La fête dura toute la nuit ? Je goûtais la bière lutine et ne tardais pas à reconnaître au bout de quelques chopes que le Génie avait raison concernant sa saveur. C'était la meilleure bière que j'ai jamais bue. Vers trois heures du matin, je laissais derrière moi la compagnie des autres pour m'étendre un peu sous les étoiles. Je n'étais pas fatiguée, j'avais seulement besoin de me retrouver un peu seule. J'avalais mon verre, et malgré moi, le sommeil me rattrapa.

13
Les brumes de l'éveil

— Théa ? Théa ? Réveille-toi !

Pilly me tirait par le bras, me secouait sans ménagement. Je me retournais, essayant de l'éviter. Soudain, je sentis son corps basculer et heurter le sol. Mes mains glissèrent sur du carrelage. Du carrelage ? Étrange. J'ouvris les yeux et me retrouvais face à une infirmière. Elle se penchait vers moi, toute de blanc vêtue.

— Pilly ?

— Non Théa, pour la énième fois, je ne suis pas Pilly. Moi c'est Telly. Tu devrais te souvenir de mon nom depuis le temps !

— Je.. Où suis-je ?

— À l'hôpital ! Bon sang, c'est toujours la même histoire, s'écria-t-elle tout en secouant mes draps.

— Je suis blessée ?

— Chérie, ici, c'est la tête que l'on soigne !

Je me relevais, déboussolée.

— Mais j'étais au mariage du Génie et de la Vouivre. J'ai voulu regarder les étoiles dans la forêt, je ne comprends pas...

— Théa, crois-moi hier tu étais ici, je suis même venue voir si tout se passait bien. Tu dormais profondément. Et puis les génies et les serpents géants n'existent pas. Allez, secoue-toi, il faut que je t'emmène voir le docteur. Tu te souviens, tu avais rendez-vous aujourd'hui ?

— Non.

— Il veut voir si le traitement fait effet. Allez, lève-toi, je n'ai pas que ça à faire ! Des génies, non mais !

Elle me prit par le bras et me conduisit dans un long couloir blanc. Je jetai un coup d'œil dans ma chambre, au lit en fer, aux murs et aux draps blancs, aux barreaux à la fenêtre. Cet endroit me paraissait familier.

— Je ne boirai plus de bière lutine, dis-je.

— C'est ça, et moi je ne bois pas assez. Dire que je dois me coltiner des bargeots et des psychopathes toute la journée, je ne suis pas assez payée, ça non !

Dans le couloir, j'entendais les cris des autres patients, leurs suppliques, les coups frappés aux murs.

— Oh, soufflais-je, ce n'est pas possible. Qu'est-ce que je fais ici ?

— Hey, ça suffit, stop ! Arrête de bouger, on est bientôt arrivé.

Elle me fit passer par une sorte de salle commune. Le souffle me manquait. Certaines personnes se griffaient le visage, d'autres rigolaient à quatre pattes par terre, d'autres fixaient le vide, immobiles. Je regardais leurs tenues. De grandes combinaisons blanches, épaisses, tâchées de part en part. Je baissais les yeux et constatais que je portais la même tenue.

— C'est la Dame Blanche, n'est-ce pas ? C'est elle qui a fait tout ça, mais c'est impossible, la Vouivre l'a changée en statue !

— La Dame Blanche ? Génial, je vais dire au médecin d'augmenter les doses.

— Qui m'a enfermée ici ? Vous le savez n'est-ce pas ?

Je me débâtais. L'infirmière essayait de me canaliser, mais d'une ruade, je m'en débarrassais et me mis à courir de toutes mes forces. J'essayais d'ouvrir toutes les portes.

— Pilly ! Babouchka ! Hurlais-je.

Je m'accrochais aux grilles, frappais de toutes mes forces là où je pouvais. Je vis les autres patients qui hurlaient, se mettaient eux aussi à courir. Bientôt, il y eut plus de blouses blanches que de patients. Ils étaient plus nombreux que nous et réussirent à calmer tout le monde. Je me reculais dans un coin, prête à me battre. Où est passée la baguette ? me demandais-je. Je suis coincée ici. Sûrement un autre cachot que celui du château en ruine. Trois infirmiers se jetèrent sur moi et m'immobilisèrent. Je sentis la seringue que l'un d'eux me plantait dans le bras, et puis le vide se referma sur moi. Ce n'était qu'un cauchemar, pensais-je, la Fée bleue va venir à mon secours.

Je me réveillais à nouveau dans un lieu immaculé. Je remarquais aussitôt que des sangles entravaient mes bras et mes jambes, ainsi que le docteur, assis derrière son bureau, en train de me regarder.

— Alors, on est calmé ? Demanda-t-il.

— Que me voulez-vous ?

— Doucement, Théa, sinon je te renvoie illico dans le pays des rêves.

Le docteur m'était familier. Trop familier. Puis soudain, je me souvins :

— Le Génie ! Vous êtes là ! La Dame Blanche a dû m'enfermer ici ! Mais je suis contente de vous voir ! Il faut nous enfuir et tout de suite !

— Je ne suis pas le Génie, Théa, juste ton médecin.

Je le fixai. Les yeux verts, les cheveux mi-longs, c'était bien le Génie. Il se leva et s'appuya contre son bureau. La grande taille, la minceur, je ne pouvais pas me tromper.

— Aidez-moi ! J'ai délivré la Vouivre et je vous ai sauvé de cette grotte immonde.

— Tu as encore ce genre d'hallucinations ? Je ne suis pas un génie Théa, et les vouivres n'existent plus. Je croyais que tu n'avais plus droit aux livres.

— Ce n'est pas un livre ! Hier, j'étais dans la forêt, et aujourd'hui, je ne sais pas ce que je fais ici, c'est une erreur. Et je vous assure, vous êtes le Génie.

Il me regardait, plein de pitié.

— Bon, dans ce cas... dit-il.

Il prit un papier dans un tiroir, et se mit à écrire, tout en marmonnant.

— Qu'est-ce que vous faites ?

— Je prends d'autres mesures. Tu oublies la réalité. Les rêves prennent le pas sur le réel. Je ne peux pas te laisser continuer ainsi. Tu as été placée ici sous surveillance, je me dois de te protéger.

— Me protéger de qui ? La Dame Blanche ? Elle est ici ?

— Disons qu'il se pourrait qu'un jour tu rêves de te couper les veines. Il est possible qu'ensuite tu tentes de faire la même chose. Donc je change le traitement. Retour au point de départ, Théa.

— JE NE VEUX PAS ME SUICIDER, hurlais-je.

Il leva les yeux au ciel.

— C'est seulement pour ta protection Théa, on verra dans quelque temps si ça fonctionne ou non. D'autres choses à me signaler ? Les infirmières disent que tu ne te souviens pas de leurs noms. Tu les appelles autrement.

— Je ne sais pas.

— Pilly, Babouchka, Sidonie, ça te dit quelque chose ?

— Oui, bien sûr !

— Ce sont les noms que tu donnes aux infirmières. Je m'inquiète, Théa. Peut-être qu'un peu d'isolement te fera le plus grand bien. J'annule les sorties dans le parc également.

Je le regardais, impuissante. Était-il possible que les fées soient le fruit de mon imagination ? Non, je refusais de le croire ! Ce docteur là, en face de moi avait beau dire, mais il était le Génie. La même tête, le même corps. De très loin, j'entendais le médecin faire la liste des choses auxquelles je n'avais plus droit. Des images me revinrent en mémoire. Parfois, je jouais au ballon dans le parc. Le vieux piano dans la salle, où des musiciens bénévoles plus ou moins doués venaient nous jouer quelques morceaux, la cantine et les repas écœurants. Et puis il y avait Lui. Mon amour, mon âme, le seul. Revoir son visage, c'était me damner et plonger dans des souffrances abyssales dont je ressortais épuisée. Son visage, ses baisers, son odeur. Surtout son odeur.

— Théa, tu m'écoutes ?

— Pourquoi suis-je ici ? Demandais-je d'une voix blanche.

— Dépression.

— Oh.

— Suite à une rupture sentimentale. Tu n'as pas eu la force et le courage de surmonter cette épreuve. Tu as préféré te perdre dans les méandres de ton imagination. Tu as voulu fuir la réalité. Et quand je vois le résultat... tu as presque réussi. La perte de ta Grand-mère a aussi été un choc. Il y a eu un trop plein.

— Je suis forte et courageuse, murmurais-je.

Ne l'avais-je pas prouvé en conduisant les fées au château en ruine ?

— Je n'en doute pas, dit le docteur. L'infirmière Telly t'attend derrière la porte, elle va te raccompagner jusqu'à ta chambre. Je suis obligé d'augmenter les doses, Théa. C'est pour ton bien. J'espère que tu le sais.

Je hochais la tête. Mon cerveau tournait à plein régime. Je

voyais la forêt, le lac, l'odeur des fleurs, mais entre chaque souvenir, se glissaient des lambeaux de cet hôpital. Je pensais à ma Grand-mère. J'étais comme elle, elle ne s'était pas trompée. L'infirmière me mit au lit, m'y attacha. Je crois qu'elle me redonna un sédatif. Ma Grand-mère apparut à nouveau devant mes yeux. Elle était mon modèle. C'est Grand-mère qui m'a ouvert la Porte des Fées, m'a accompagné sur le long chemin de l'imaginaire. Elle racontait ses histoires et je plongeais à corps perdu. Peu m'importait qu'à l'époque, ses mains étaient attachées tout comme les miennes. Peu m'importait ses crises, ses hurlements. Je l'aimais, elle me guidait sans le savoir, sur le doux chemin de la folie. J'ai toujours voulu lui ressembler, c'est chose faite désormais. C'est Grand-mère qui m'a ouvert la Porte des Fées, et m'a laissé le lourd fardeau de m'en occuper, quand elle n'en était plus capable. Avant que le sédatif fasse effet, elle était là, près de moi, un doigt posé sur ses lèvres.

— C'est notre secret, Théa, seulement toi et moi possédons la clé. Ne les laisse pas te la prendre, jamais !

Je savais désormais où me réfugier quand le poids était trop lourd à porter. La porte était grande ouverte et m'appartenait à jamais, libre à moi d'en franchir le seuil ou de le condamner, c'est Grand-mère qui me l'avait soufflé.

Remerciements

Une mention spéciale pour tous. Ceux qui me sont proches savent à quel point ce projet me tenait à cœur.
Qu'ils trouvent ici ma gratitude face à leur patience et aux nombreux textes qu'ils ont dû lire avant d'en voir au moins un abouti.
Un merci aussi à tous les autres. D'une certaine manière, chacun de ceux que j'ai côtoyé m'ont inspiré. Chaque personne croisée dans ma vie a eu un impact. Bon ou mauvais, peu importe, chaque moment, chaque critique était importante, alors merci. Merci de m'avoir aidé à mûrir, merci de m'avoir blessée parfois, car j'ai su tirer du positif dans le négatif."

Imprimé en Allemagne
Achevé d'imprimer en avril 2019
Dépôt légal : avril 2019

Pour

Le Lys Bleu Éditions
128 rue de la Boétie
75 008 Paris